이러니 내가
행복할 리가
있나

이러니 내가
행복할 리가
있나

글
조군

불행해지지 않는 가장 확실한 방법은
너무 행복해지려고 애쓰지 않는 것이다.
— 쇼펜하우어

왜 나는 점점 더
행복에서 멀어지는 기분이 드는 걸까?

인생은 참 아이러니하다. 이렇게 발버둥 치듯 열심히 살았는 데도 좀처럼 행복해지는 게 쉽지가 않으니 말이다. 아니, 요즘은 행복은커녕 오히려 점점 더 내 인생은 행복과는 거리가 멀어지는 기분이 들기까지 한다. 비단 내 얘기만은 아닐 거라고 인생은 다 그런 거라고 말하지만 그렇게 인정하고 살기에는 지금껏 최선을 다해 살아온 내 삶이 너무 억울하지 않은가?

그 행복이라는 것에 조금이라도 가까워지고 싶다는 마음에 이 악물고 버티고 그놈의 '노오력'을 해왔는데도 어째 좀처럼 나아질 기미가 보이지 않는다. 금수저를 물고 태어나지 못한 나를 탓할 수밖에 없는 건가? 어쩌면 그저 앞으로도 인생에서 행복이라는 걸 지우고 살아야 하는 걸까? 성공한 삶을 살고 싶다는 건 내 헛된 꿈에 불과한 걸까?

어떤 이들은 현실에 흔들리지 말고 나답게 살면 행복은 눈앞에 있다는 그런 무한긍정의 이야기를 아주 조리 있게 하곤 하지만 사실 난 이런 말에 동의하기가 힘들다. 돈 걱정에 한숨을 내 쉬고 있는 사람이 어떻게 행복해질 수 있을까? 미래에 대한 불안과 걱정 때문에 밤잠을 설치는 사람에게 행복은 마음먹기에 달렸다는 얘기는 그저 뻔한 위로에 불과한 것 아닌가?

 내가 생각하는 성공이나 행복은 그들의 말처럼 '내 안'에 있지 않다. 오직 지금 내가 발 딛고 있는 '현실'에 있다. 최소한 먹고 사는 문제에 고민하지 않고, 하고 싶은 것을 걱정 없이 하며 살 수 있는 현실이 펼쳐지지 않는 한, 나는 행복한 인생에 대해 떠올리지 못하지 않을까 싶다.

애쓰다 보니 더 불행해지는 이 기분은 뭘까?

그래서 성공하는 사람이 되고 싶었다. 부족한 돈 때문에 불행해지고 싶지 않았고, 걱정 때문에 내가 하고 싶은 일들을 포기하고 싶지 않았다. 나는 그저 행복해지기를 바라는 낙관주의자도, 꿈만 꾸는 이상주의자도 아니었으니까. 이대로 남들처럼 그저 받아들이고 포기하는 삶을 살고 싶지는 않았다. 그렇게 서른에 중반이 넘어선 나이에 일생일대의 모험을 해버렸다. 그저 그런 삶을 살고 싶지는 않다는 마음에 새로운 도전이 필요하다고 결정해 버렸다. 성공하기 위해서, 행복해지기 위해서 말이다.

하지만 생각했던 것 보다 세상의 벽은 높기만 했다. 몇 번의 작은 성공도 있었지만, 상황을 역전시키기에는 턱없이 부족했다. 그때마다 버티는 사람이 이긴다는 둥, 결국 성공한 사람은 실패에서 배운다는 둥, 예전 내 책상 벽면을 빼곡히 채웠던 성공의 명언들을 다시 되새기며 마음을 잡기 위해 노력했지만 소용없었다. 시간이 지날수록 확신이 사라져갔다. 무기력해지고 후회만 늘 뿐이었다. 이렇게 나도 어쩔 수 없이 그저 그런 삶을 살수 밖에 없겠다는 마음에 조금씩, 그리고 확실하게 나는 불행해져만 가고 있었다.

행복해지려고 발버둥 칠수록 행복은 나에게서 멀어져만 가는 기분이었다.

불행해지지 않는 가장 확실한 방법.

그렇게 나는 인생에서 행복이라는 걸 떠올릴 수 없을 것 같다는 생각에 빠져있을 때, 우연히 쇼펜하우어의 이 격언이 눈에 들어왔다.

삶이 불행해지지 않을 수 있는 가장 확실한 방법은
너무 행복해지기 위해 애쓰지 않는 것이다.

그래. 혹시 성공하고 싶다는 생각이, 반드시 행복해져야 한다는 마음이 지금의 나를 더 불행하게 만드는 건 아닐까? 어쩌면 지금 나에게는 행복까지는 무리일 테니까 말이다.

스스로 불행하다고 믿는 나에게는 억지로 행복해질 수 있다는 믿음이나 노력보다 훨씬 더 필요한 건 지금보다 더 불행해지지 않은 마음이 더 필요할지도 모른다는 생각이 들었다. 비록 현실의 나는 조금도 달라지지 않을지 몰라도, 아니 지금보다 더 안 좋은 상황에 빠지게 되더라도 스스로를 불행한 사람으로 여기며 자신을 괴롭히지는 않을 테니까 말이다.

우린 답을 찾을 것이다. 늘 그랬듯이.

어쩌면 나를 우울증 환자 혹은 지독한 비관론자쯤으로 바라보는 사람들이 있을지도 모르겠지만, 사실 나는 아주 보통의 평범한 사람이라고 생각한다. 내가 지금껏 만났던 사람들은 물론이거니와 이 글을 읽는 당신도 어쩌면 나와 아주 비슷한 생각을 살면서 한 번쯤은 하고 있을 거라는 걸 알고 있으니까 말이다.

물론 인생은 희망적이고 행복하다는 사람도 아주 많기는 하겠지만, 나와 같은 사람들이 이상하거나 별난 건 아닐 거다. 그렇다면『죽고 싶지만 떡볶이는 먹고 싶어』라는 책이 이렇게 인기를 끌었을 리가 없을 테니까. 개그맨 '김구라'의 공황 장애에 이렇게 사람들이 공감하지는 않았겠지. 어차피 사는 게 힘들다는 건 누구나 다 공감하지 않나? 오죽하면 부처도 인생은 고행이라고 말했을 정도인데.

행복을 좇고, 자신의 미래를 낙관하는 행복한 사람들을 비하하는 게 아니다. 그저 현실에 지치고, 불안과 걱정에 익숙해진 사람들에게 행복은 마음먹기에 달린 건 아니라는 것. 그리고 행복해지려는 노력보다, 단지 지금보다 조금 덜 불행하다고 느끼며 살아도 괜찮다고 말해주고 싶었다.

그래서 이 책에는 인생의 정답이라고 부를 만한 것이 없다. 평범하기 그지없는 내가 살면서 느꼈던 것들을 담고자 했다. 행복해지기 위한 노력이 아니라 최소한 불행해지지 않기 위한 발버둥을 말이다.

어쩌면 비관적인 사람들의 자기합리화나 변명쯤으로 들릴지도 모르겠지만. 평범한 당신에게는 '스티브 잡스'처럼 대단한 사람들의 성공담보다는, 끝내 포기하지 않고 꿈을 이뤄

낸 위인들의 이야기보다 더 필요한 이야기 아닐까?

사는 게 힘들 때 마다 영화 '인터스텔라'의 포스터에 적혀있는 이 한 줄의 카피를 되새기곤 한다.

우린 답을 찾을 것이다. 늘 그랬듯이.

그래. 우리는 답을 찾아낼 수 있을 거다. 우리는 삶에서 늘 답을 찾아왔으니까. 조금 늦더라도 말이다. 세상이 말하는 정답이 아니어도 상관없지 않을까? 당신의 인생에는 정답이 아니라 답이 필요할 테니까.

이러니 내가
행복할 리가 있나

내가 행복하지 못하게 만드는 것들에 대해서.

인생은 행복해지기 위해서가 아니라
조금이라도 덜 불행해지기 위해
발버둥 치며 사는 것 아닐까?
행복해지고 싶어서 이렇게도 노력하는데
내 삶은 불행에 조금씩 더
가까워지는 기분이 드는 걸 보면 말이다.

최소한 지금보다 불행해지지는 말아야겠다고 결심하는 건
지극히 당연한 것일지도 모르겠다.

01

심리학자들이 밝혀낸
성실한 사람들의
가장 큰 착각

수많은 심리학자들은

'후회 없는 삶을 살아서 행복합니다.'라는 말에

함정이 있다고 말한다.

너 그러다 나중에
땅을 치며 후회하게 될지도 몰라

"그러게 애초에 후회할 일 만들지 말라고 했잖아?"
"후회는 인생의 낭비일 뿐이야. 한 번뿐인 인생에 후회를
남기지는 말아야지."

어릴 적부터 수도 없이 들었다. 후회할 것 같으면 시작도 하
지 말라고. 후회해 봤자 뭐가 달라지냐고. 그러니 후회 없이
살라고. 그래야 스스로의 삶에 만족할 수 있다고 말이다. 그
래서일까? 나는 언제나 후회 없이 살기 위해 최선을 다했다.
내 결정과 행동에 후회를 남기고 싶지는 않았다. 아무리 힘
들더라도 후회가 없다면 만족스러운 삶이 될 거라고 철석같

이 믿었다. 이런 말도 있지 않나. 후회 없는 삶을 살아서 행복한 삶이었다고.

아, 하지만 역시 사는 건 내 뜻대로 되는 게 하나도 없다. 후회 없는 선택이라 믿었던 것들이 나를 여지없이 배신하고는 하니까 말이다. 아무리 속으로 '그래, 그때의 내 선택은 틀린 게 아니야. 나는 내 결정에 후회 없어. 지금 힘든 건 이겨내면 돼.'라고 다짐을 해봐도 마음속에 후회가 물밀 듯 밀려온다. 아무리 후회를 하지 않으려 애써봐도 '그때 내가 이런 선택을 하지 않았더라면.', '아, 저번에 내가 왜 그렇게 했지?'라는 생각에 괴로워했다.

잦은 실패의 경험들 때문이었을까?

이런 생각 하지 말고 훌훌 털어버리려 해봐도 그게 그렇게 쉽지가 않다. 혹시 또 틀린 선택을 할지 모른다는 생각에, 저번처럼 실패할지도 모른다는 두려움이 머릿속을 떠나지 않는다. 실패에 대한 두려움은 아무리 경험해도 극복이 잘 되지 않는다. 그렇게 실패의 경험들이 너무 잦아진 탓이었을까? 성공의 기대감보다는 실패에 대한 두려움에 익숙해지고 있었다. 누가 뭐래도 내 결정과 행동에 후회하지 않겠다는 내 결심은 점점 희미해질 뿐이었다.

  '내가 그걸 어떻게 해. 분명히 실패하고 말 거야.'
  '똥인지 된장인지 찍어 먹어봐야 알아? 어차피 안될 일이야.'

점점 더 무기력해져만 갔다. 뭘 해도 부정적인 생각들이 먼저 튀어나오곤 했다. 이게 현실적인 판단이라는 핑계와 세상이 그리 만만치 않다는 변명만 늘어갔다. 어느새 후회 없이 살고 싶었던 나는 온데간데없고, 내 선택과 결정을 믿지 못하고 후회를 반복하는 삐딱하고 무기력한 사람이 되어 있었다. 아, 이건 내가 원했던 삶이 아닌데.

후회 없는 삶을 위해서 최선을 다해 열심히 산 것뿐인데, 행복과는 점점 거리가 멀어지는 것 같은 이 기분은 뭘까? 아니, 애초부터 나는 후회를 할 수밖에 없는 선택을 해왔던 걸까? 아니면 나는 이 정도의 힘든 일도 버티지 못하고 스스로의 결정을 후회해 버리고 마는 나약한 사람인걸까?

실패 없이 가장 확실하게
불행해지는 방법

수많은 심리학자들은 '후회 없는 삶을 살아서 행복합니다.'라는 말에 함정이 있다고 말한다.

얼핏 보면 원인과 결과처럼 보이는 '후회 없는 삶을 살아서 행복합니다.'라는 말은 심리학에서는 사람들의 착각이 만들어낸 함정이라고 말한다.

심리학자들은 '후회'는 비교가 낳은 감정이라고 말한다. 즉, 다른 누군가와의 비교가 후회를 만들어 낸다는 거다. '옆 팀 김 대리 이번에 과장으로 승진했더라.', '중학교 동창 승윤이 이번에 주식으로 꽤 재미 좀 봤나 봐. 너도 그 주식 사지 않았었어?' 등등. 주변 누군가의 행동이나 선택에 대해 '아 왜 나는 승진을 못 했지?', '그 주식 1년 전에 팔았었는데, 이럴 줄 알았으면 가지고 있었을걸.' 하고 비교를 하며 스스로의 결정과 행동에 후회를 하게 된다는 것이다.

반면에 행복이라는 감정은 어떤가 하면, 스스로의 만족에서 만들어지는 감정이라고 설명한다. 다른 누군가와의 비교를 통해서는 결코 스스로 만족할 수는 없다는 것이다. 즉, 남들보다 많이 가지는 것이 스스로 만족할 수 있는 기준이라면, 평생 만족이라는 것을 모르는 사람이 될 가능성이 높다. 세상에는 나보다 더 승진이 빠르고, 더 많은 것을 이루고 가진 사람들이 계속 나타날 테니까 말이다. 스티브 잡스나 워런 버핏 같은 사람들을 굳이 예로 들지 않아도 주변을 돌아보기만 해도 충분히 넘치게 있지 않나?

그래서 심리학에서는 남들과의 비교로 만족감을 얻는 것이 지극히 어렵다고 말한다.

그러니까 남들과 비교해서 후회 없는 삶을 산 사람들이 반드시 만족이나 행복을 느끼는 건 아니라는 것이다. 행복은 지극히 주관적일 수밖에 없으니까 말이다.

실패 없이 가장 확실하게 불행해질 수 있는 방법.

'아니야! 내가 생각하는 후회 없는 삶이란 그런 게 아니야!' 라고 부정하고 싶지만, 솔직히 인정할 수밖에 없다. 내가 후회를 하는 건 언제나 내 주변 사람들과의 비교를 통해서였으니까. 나와 입사 동기였던 친구가 이번에 소위 '대박'을 냈다는 소식을 들었을 때, 후배였던 친구의 승진 소식에 '나는 지금 뭐 하고 있는 거지?'라며 수없이 후회를 해대고 있었다.

남들과의 비교는 만족이라는 걸 몰랐다. 끝도 없었다. 내 동기들, 친구들, 선후배들. 심지어는 나와 아무 관계도 없는 '내 또래에 성공한 사람들'을 찾아내 굳이 비교하게 만들었다. 성공과 실패의 기준은 언제나 '나보다 더 나은 누군가'가 되곤 했다. 그들의 성공만큼 나는 실패한 사람이 되었다. 그리고 다시 그들의 성공과 나의 실패를 비교했다. 어쩌면 실패가 아니었을지도 모르는데도.

남들과의 비교는 나의 작은 성공을 희미하게 만들기에 충분
했다. 나보다 더 나은 누군가와 비교하면 할수록 더 말이다.

요즘 너무 행복하고 삶이 만족스러운 사람이 있다면, 그래서
들뜬 자신을 가라앉힐 필요가 있다고 생각하고 있다면 자신
보다 더 성공한 누군가와 자신을 비교해 보라고 추천해주고
싶다. 그럼 실패 없이 가장 확실하게 불행하다고 느낄 수 있
을 테니까 말이다.

행복까지는 모르겠지만 더 불행해지고 싶지 않다는 마음.

후회 없이 살고 싶다는 사람들은 어쩌면 굉장히 성실한 사람
들 아닐까? 만족스럽지 못한 자신의 현실에도 불구하고 노
력하는 사람들이 분명할 테니. 남들과의 비교 때문에 만족을
모르고 끊임없이 노력만 하는 사람들을 보면 왠지 마음이 짠
해지곤 한다. 그들에게서 나와 다를 바 없는 모습을 발견하
고는 하니까.

가족에게 그리고 자신의 소중한 이들에게 자신 같은 후회와 무력감을 느끼지 않게 하기 위해서 최선을 다해 사는 것일 테니까. 만족이나 행복 같은 건 뒤 돌아볼 여유도 없이 말이다. 그러다 보니 작은 성공에 기뻐할 수 없겠지. 실패하는 것에 그렇게도 두려운 것일 거다. 자신의 실패가 자신뿐만이 아니라 소중한 사람들을 힘들게 할 것이 너무나도 두려울 테니까. 그러니 버티는 수밖에 없다고 생각하는 것이겠지. 설령 내가 너무 힘들더라도 말이다.

여전히 나는 오늘도 후회하지 않기 위해서, 남들에게 뒤처지지 않기 위해서 열심히 살고 있다. 또 주변에 누군가의 성공과 내 실패를 비교하면서. 그리고 또 후회할지도 모르겠다. 하지만 이런 나를 나약하다고, 이러니 후회할 수밖에 없다고 비관하는 일만은 하지 말자고 스스로 다짐하는 중이다.

그게 그리 쉽지 않다는 건 충분히 알고 있지만, 나보다 잘난 누군가와 비교하면 더 확실히 불행해질 수밖에 없지 않을까?

실패 없이 가장 확실하게 불행해지는 방법

여전히 나는 오늘도 후회하지 않기 위해서,
남들에게 뒤처지지 않기 위해서 열심히 살고 있다.
또 주변에 누군가의 성공과 내 실패를 비교하면서 말이다.

하지만 이런 나를 비관하는 일만은 하지 말자고
스스로 다짐하는 중이다.

02

어쩌면 꿈이라는 건
지독한 저주가 아닐까?

어쩌면 산다는 건 이루지 못한 꿈에 괴로워하거나,

이루고 싶은 꿈이 없다는 것에 고민하는

두 가지 선택지 중에 덜 불행한 걸 선택할 수밖에

없는 것 아닐까 싶은 생각이 들었다.

꿈은 저주일지도 모른다는
어느 철학자의 말

"꿈을 갖는다는 건 무서운 저주다."

몇 년 전, 독설가로 유명한 철학자 강신주 박사가 한 TV 프로그램에 출연한 것을 본 적이 있다. 거기서 한 20대의 배우지망생은 이런 이야기를 털어놓았다. 배우라는 꿈을 이루기 위해 계속 도전하지만, 점점 자신이 없어진다고. 자신은 앞으로 계속해서 도전해야 하는 건지, 아니면 포기해야 하는 건지 물었다. 이 질문에 강신주 박사는 이루지 못한 꿈은 자신을 괴롭힐 것이며, 항상 꿈 주위를 배회하는 귀신 같은 자신을 발견할 것이라고 답한 후 이 말을 덧붙였다.

그래서 꿈을 갖는다는 건 무서운 저주일지도 모른다.

이루지 못한 꿈이 저주일지도 모른다는 말에는 동의하지 않을 수가 없었다. 나 역시 그 이루지 못한 꿈 때문에 매일같이 밤잠을 설치며 고민하고 괴로워하니까 말이다.

확고한 꿈을 가진 사람들. 그리고 힘들어도 포기하지 않고 이루어 낸 사람들을 보며 '난 뭘 하고 있는 거지?', '왜 난 저렇게 될 수 없는 걸까?'라는 생각에 왠지 마음이 조급해지다 못해 괴로워지곤 한다. 차라리 꿈 같은 게 없으면 얼마나 좋을까? 그럼 마음이라도 편할 듯싶었다. 정해둔 목표 근처에도 가지 못해서 스스로 죄책감에 시달릴 필요는 없을 테니까. 어쩌면 저주일지도 모를 이 꿈이 없다는 게 훨씬 더 행복한 삶에 가까운 것 아닐까?

"넌 꿈도 없니? 하고 싶은 게 하나도 없어?"

그런데 세상은 꿈이 없다는 걸 그냥 놔두지를 않는다. 이루고자 하는 게 없는 사람들에게 왜 꿈이 없느냐고 이상한 듯

되묻는다. 꿈이 없다는 건 마치 삶을 포기하고 사는 것인 것처럼. 다들 이루고 싶은 꿈이나 목표 하나쯤은 가져야만 자신의 삶을 열심히 사는 것이라고 생각하고는 하는 것 같다. 오죽하면 꿈이 없다는 게 고민이라고 말하는 사람들이 있을 정도니까.

어쩌면 산다는 건 이루지 못한 꿈에 괴로워하거나, 이루고 싶은 꿈이 없다는 것에 고민하는 두 가지 선택지 중에 덜 불행한 걸 선택할 수밖에 없는 것 아니냐는 생각이 들었다. 그렇다면 난 둘 중 어떤 것을 선택해야 하는 걸까? 조금이라도 덜 불행해지기 위해서는 말이다.

꿈이라는 건 쉽게 이루어지면 안 된다는 생각에 빠져있었다.

어머니에게 들었던 8살 무렵에 내 꿈은 고깃집에 장가를 가는 것이었다. 아니, 고깃집 사장님도 아니고 왜 하필이면 고깃집에 장가를 가는 게 꿈이었던 거지? 이유는 아주 간단했다. 그 무렵 먹었던 삼겹살이 너무 맛있어서 고깃집에 장가를 가면 매일 삼겹살을 먹을 수 있어서라고 30년 전에 내가 대답했다고 한다. 그럼 그냥 고깃집 사장이 되면 될 텐데. 굳이 고깃집에 사위가 되고 싶었을까? 잘 모르겠지만 어린 나는 평범하진 않았나 보다.

그때는 그랬다. 꿈이라는 게 뭐 별거 없었던 것 같다. 그냥 하고 싶은 게 꿈이었던 거지 뭐. 8살 어린애가 뭐 그리 거창한 꿈을 가지고 있겠나. 그저 맛있었던 삼겹살을 또 먹는 게 꿈이었겠지.

생각해보면 꿈이라는 게 그래야 하는 것 아닌가 싶다. 지금 내가 하고 싶은 것, 먹고 싶은 것. 보고 싶은 게 '꿈'이 되면 이루지 못한 꿈 때문에 괴로워하거나, 꿈이 없어서 고민하는 일은 없지 않을까?

어쩌면 난 꿈이라는 걸 너무 거창하게만 생각했던 것일지도 모르겠다. 남들이 모두 성공이라고 생각할 만한, 그래서 지금 당장은 이루어 낼 수 없는 것 말이다. 꿈이라는 건 쉽게 이루어지면 안 되는 것으로 생각했던 것 같다. 그리고는 이루기 쉽지 않은 꿈을 목표로 잡아 놓고서 이루지 못했다고 괴로워하고, 이럴 바에야 꿈이 없는 게 낫다는 생각으로 또 스스로를 괴롭히고는 했다. 이러니 내가 꿈 때문에 불행하다고 느낄 수밖에.

꿈이 저주가 되지 않도록,
목표가 나를 불행해지게 만들지 않기 위해서.

마흔을 코앞에 둔 지금, 내 꿈이 무엇이냐고 묻는다면 일단은 '작가'가 되는 거다. 그리고 냉장고에 내가 좋아하는 맥주를 쌓아놓는 것. 일주일에 한 번은 내가 좋아하는 삼겹살을 먹는 것이다. 그런 거 말고 진짜 꿈이 뭐냐고? 이루고 싶은 목표가 뭐냐고? 글쎄, 지금 당장은 이런 것들 말고는 딱히 꿈이라고 부를만한 게 없다.

사실 1년에 10억쯤 벌 수 있는 성공한 사업가가 돼서 1년에 절반 정도는 제주도에서 살고 싶긴 하지만, 이루고 싶은 꿈이라고 말하기에는 너무 버거워서 그냥 상상 정도로만 남겨놓고 싶다. 상상에 가까운 희망은 남겨둬도 좋지 않을까?

이루지 못한 꿈이 저주가 되지 않도록, 그 꿈 때문에 내가 불행해지지 않도록 지금은 내가 이룰 수 있는 꿈에 만족해 보려고 한다.

이루기 힘든 꿈 때문에 괴롭다면
이루기 쉬운 것을 꿈꿔보면 어떨까?

이루지 못한 꿈이 저주가 되지 않도록,
그 꿈 때문에 내가 불행해지지 않도록
지금은 내가 이룰 수 있는 꿈에 만족해 보려고 한다.

03

누가 그랬나?
노력은 배신하지 않는다고

열심히 안 한 것은 아니지만

열심히 하지 않은 것으로 생각하겠다.

난 열심히 하지 않아서 버려진 거다.

– 드라마 '미생' 中에서

힘들지만 힘들지 않은 것으로 하겠다.
난 아직 노력한 적 없으니까

바둑과 아르바이트를 겸한 때문이 아니다. 용돈을 못 주는
부모라서가 아니다. 아버지가 돌아가시고 어머니가 자리
에 누우셔서가 아니다. 그럼 너무 아프니까.

그래서 난 그냥 열심히 하지 않은 편이어야 했다. 열심히
하지 않은 것은 아니지만 열심히 하지 않은 것으로 생각하
겠다. 난 열심히 하지 않아서 버려진 것뿐이다.

- 드라마 '미생' 中

짠하다. 장그래의 독백을 곱씹을수록 더욱더. 원하는 꿈에서

멀어져 버린 후, 주저앉을 시간도 없이 새로운 삶을 준비해야 하는 장그래는 결국 스스로를 탓할 수밖에 없었을 테지. 아니, 정확히는 자신의 노력을 탓할 수밖에 없었을 거다. 그렇지 않으면 지독한 무력감에 무너질 수밖에 없었을 테니까. 그래서일까? 장그래의 독백이 스스로를 위로하는 것처럼 들리는 건 말이다.

'힘들지만 힘들지 않은 것으로 하겠다. 난 아직 노력한 적 없으니까.'라고.

2년 전, 회사를 그만두고 사업을 시작한 이후로 나는 이렇게까지 열심히 살아본 적이 없는 것 같다. 남들보다 덜 자고, 남들보다 더 열심히 일하면 원하는 결과를 이룰 수 있을 거라고 생각했지만, 현실은 많이 달랐다. 수없이 많은 실패를 경험했다. 통장잔고에 따라 기분이 요동을 쳤다.

'이렇게 열심히 하는데도 왜 나의 현실은 불안하기만 할까?'라는 고민이 들 때면 나는 '장그래'가 되고는 했다. 내가 노력이 부족했던 탓이라고, 더 열심히 하지 않은 자신을 탓하고는 했다. 장그래가 그랬던 것처럼.

흔히들 노력은 배신하지 않는다고 말하는데, 대체 누가 이런 가혹한 말을 했는지.

노력이 배신할 일이 없다면 결국 내가 노력하지 않았다는 말 아닌가? 그럼 여태 내가 죽을 둥, 살 둥 열심히 해온 건 뭐란 말인가. 내 노력을 이리도 쉽게 폄하할 수가 있단 말인가? 억울해도 어쩔 수 없다는 걸 알지만 아무리 노력해도 변하지 않는 현실에 좌절하고는 했다. 열심히 산다는 것에 회의를 느끼곤 했다. 언제든 내 뒤통수를 칠 만반의 준비를 하고 있을지도 모르는 노력이라는 놈이 가혹하게만 느껴졌다.

경쟁의 시대. 우리는 승자 혹은 패자가 될 수밖에 없다.

어느 베스트셀러의 이야기처럼 열심히 살지 않는 게 답일까? 노력은 언제나 배신할 준비를 하고 있으니 말이다. 노력하지 않는다면 적어도 스스로 느끼는 무력감의 크기는 훨씬 덜 하지 않겠냐는 말에 귀가 솔깃해지곤 한다. 그럼 최소한 열심히 살아온 나를 스스로 부정하지는 않을 테니까. 열심히 하지 않아서 버려졌다고 느낄 필요도 없을 테고.

그런데 생각해보면 그게 그리 쉬울까 싶다. 열심히 살지 않는다는 것이 말이다.

경쟁의 시대. 누군가의 성공이 또 다른 누군가의 실패를 담보로 할 수밖에 없는 세상. 승자가 아니면 패자로 나뉠 수밖에 없는 사회에서 노력하지 않는 사람들이 어떤 시선으로 비칠 지, 그리고 스스로 어떤 생각을 할지 안 봐도 비디오다.

"열심히 살아도 될까 말까 한데 어쩌려고 그래?"
"YOLO(욜로)? 정신 차려. 그것도 다 여유 있는 사람들 얘기지."

열심히 노력하지 않으면? 경쟁에서 도태된 낙오자 취급을 받기나 하겠지. 아직 생각이 어리고 좀 모자란 사람으로 비칠게 뻔하지. 실패가 두려워서, 노력한 만큼의 결과나 보상이 주어지지 않는 세상, 어차피 열심히 살지 않겠다는 사람들에게 세상은 따뜻한 시선으로 봐줄 리가 없다는 것을 우리는 너무나도 잘 알고 있다.

사실 세상이 이렇지 않았으면 좋겠다. 서로에게 위로가 되어주는 따뜻한 세상이면 얼마나 좋겠냐 만은 그럴 리가 없다. 인생을 포기한 낙오자 취급이나 하지 않으면 다행이겠지. 그러니 노력의 배신에 무력감과 자괴감을 느끼면서도 다시 열심히 노력하는 것 말고는 사실 방법이 안 보이는 것이겠지. 아, 점점 더 우울해지는 기분은 어쩔 도리가 없다.

경쟁을 피해 외곽으로, YOLO를 외치는 사람들.

YOLO(욜로)를 외치며 한 번뿐인 인생, 자신만의 행복을 위해 지긋지긋한 경쟁을 포기하는 사람들이 늘어나고 있다. 경쟁이 두렵고, 노력의 배신에 불안에 떨 바에야 YOLO의 삶을 선택해 보는 게 어떨까 라고 고민해본 적도 있었지만, 결론적으로 말하자면 난 못할 것 같았다.

왠지 더 불안하고 두렵기만 하다. 줄어드는 통장잔고만큼 불안한 미래를 모른 체하고 '내 행복을 찾겠어.'라는 결심을 할 만큼의 배짱은 없다. 차라리 내가 태어나자마자 먹고 사는 중대한 문제를 해결해 버린 '금수저'라면 좋으련만. 아쉽게도 난 '금수저'와는 거리가 멀다.

'YOLO(욜로)'의 삶을 선택하기에는 불안하기만 하고, 그렇다고 '금수저'와도 거리가 먼 나의 선택은 답이 없다. 그저 지금처럼 앞으로도 열심히 노력하며 사는 수밖에. 이러니 내가 행복할 리가 있나.

가수 신해철이 말했던
성공한 사람들의 필수 조건

지금은 하늘의 별이 되어버린, 故 신해철은 이렇게 말했다.
성공은 운이라고.

스티브 잡스, 마크 저커버그 같은 사람들이 자신의 노력과 실력만으로 그렇게 큰 성공을 이루었다는 말에 '아니다!'라고 단호히 선을 그었다. 그들이 성공할 수 있었던 이유는 '타이밍 좋게도, 딱 운이 맞아떨어져서'라고 말했다. 지금 당신이 성공하지 못한 건 단지 그 '운'을 만나지 못한 것뿐이니 그런 이유 때문에 자신의 노력을 평가절하해서는 안 된다고 말이다.

언젠가 당신에게 올 그 '운'을 온전히 담아내기 위해서, 지금 당신의 노력은 '운'을 담아내기 위한 도자기를 빚는 것과 같은 것이니, 수없이 많은 실패를 경험했음에도 굴하지 않고 노력하고 있는 자신을 폄하하지 않기를 바란다는 말로 이야기를 끝맺었다. 아, 역시 영원한 마왕. 클라스가 다르다.

이 말에 위안을 받는 건 나뿐일까? 조금은 기운이 나는 기분이다. 어쩐지 나를 비롯한 세상의 수많은 '장그래'들이 애틋해졌다. 노력의 배신에도 불구하고 열심히 사는 것밖에 답이 없는 사람들이.

그래. 아직 난 '운'을 만나지 못한 것이라고 조금은 스스로를 달래본다. 어쩌면 노력은 나를 또 배신할지 모르지만, 여전히 나는 성공보다는 실패에 가까울 테지만 말이다. 언젠간 나를 성공으로 이끌어 줄 '운'이 나에게 다가오기를 기다려봐야겠다.

그 '운'이 언제 내게로 올지 모르니 긴장의 끈을 놓지 않고 말이다.

**우리의 노력에도 불구하고
우린 아직 운을 만나지 못한 것 아닐까?**

그래. 아직 난 '운'을 만나지 못한 것이라고
조금은 스스로를 달래본다.
어쩌면 노력은 나를 또 배신할지 모르지만,
여전히 나는 성공보다는 실패에 가까울 테지만 말이다.

언젠간 나를 성공으로 이끌어 줄 '운'이
나에게 다가오기를 기다려봐야겠다.

04

성공한 사람일수록
평범한 사람보다
오히려 더 못하는 일

성공한 사람일수록

미래를 더 바보처럼 예측하는 경우가 많다.

큰 성공을 거둔 사람일수록 그 성공을 지키기 위해서

미래에 대해 변화가 아주 적거나 없을 것이라고

예측하니까 말이다.

우리가 성공한 사람들보다
더 잘할 수 있는 것

누군가는 성공한 사람들이 꼭 행복한 삶을 사는 건 아니라고 말하지만, 난 솔직히 성공하고 싶다. 성공해서 돈까지 많이 벌 수 있다면 그것이야말로 행복에 가까운 삶이 분명할 테니까 말이다. 물론 세상에 모든 성공한 사람들이 행복한 건 아닐 테지만, 최소한 스스로 불행하다고 생각하지는 않을 것이 분명하다.

성공이 행복을 보장해주지 않는다는 말은 어쩌면 성공하지 못한 사람들의 질투가 아닐까?

만약 누군가가 성공하는 삶과 행복한 삶 중에 하나를 선택하겠냐고 묻는다면 난 망설이지 않고 성공하는 삶을 선택할 거다. 아마 대부분의 사람들도 나와 마찬가지 선택을 하지 않을까? 그래서 사람들은 성공하기 위해 기를 쓰고 사는 게 아닐까? 하지만 그렇게 애를 쓰는데도 우리의 삶은 고난하고 괴롭기 그지없다. 성공한 사람들처럼 되기가 하늘의 별 따기에 가까우니 말이다.

혹시 성공한 사람들은 우리와는 종 자체가 다른 건 아닐까 싶었다. 그들은 우리보다 모든 점에서 뛰어난 것만 같았다. 심지어 그렇게 뛰어나면서도 우리보다 더 노력하곤 하니 평범한 우리로서는 그들처럼 성공하지 못할 수밖에 없다고 생각하는 게 더 편할 수밖에. 어쩌면 평범하게 태어난 우리 같은 사람들은 그들의 성공을 그저 지켜볼 수밖에 없는 운명인 건 아닐까?

성공하는 사람일수록 미래 예측에 실패하는 경우가 많다.

하지만 심리학에서는 성공하는 사람들일수록 평범한 사람

들보다 오히려 더 못 하는 것이 있다고 한다. 성공의 경험이 크면 클수록 오히려 더 미래를 바보처럼 예측하는 경우가 많다는 거다. 큰 성공을 거둔 사람일수록 그 성공을 지키기 위해서 미래에 대해 변화가 아주 적거나 없을 것이라고 예측한다는 것이다.

실제로 이런 예들은 꽤 종종 나타나고는 한다.

'코닥'이라는 회사는 디지털카메라가 등장하기 전 필름 카메라 시장을 지배하던 세계적인 기업이었다. 1975년 세계 최초의 디지털카메라 개발에 성공했지만, 디지털카메라는 필름 시장을 대체할 수 없을 것이라고 예측해서 시대의 흐름을 외면했고, 결국 2012년 부도를 신청함으로써 역사의 뒤안길로 사라지고 말았다.

핀란드를 대표하는 IT기업 '노키아'는 2008년 전 세계 핸드폰 1위의 빛나는 기업이었다. 전 세계에서 40%가 넘는 점유율을 자랑하는 공룡기업이었지만, 아이폰을 필두로 하는 스마트폰의 시대가 열린 이후에도 여전히 기존의 핸드폰 시장에서 벗어나지 못한 채, 대세로 자리매김하는 스마트폰 시장에서 소극적으로 대처한 결과 2013년 휴대폰 사업부를 마이크로소프트사에 매각하고 말았다.

이렇게 한 때 전 세계를 좌지우지했던 기업들은 자신이 이룬 커다란 성공에 매여서 미래에 대한 바보 같은 예측으로 실패해 버리고 만 것이다. 심리학자들이 말했던 성공을 이룬 이들의 바보 같은 미래 예측으로 말이다.

이처럼 성공한 사람들은 모든 면에서 평범한 우리를 뛰어넘는다고 생각했지만, 오히려 그들은 가진 것을 지키고 싶다는 생각에 이런 바보 같은 실수들을 종종 저지른다고 한다. 반면에 아직 가져야 할 게 더 많은, 앞으로 더 이루고 싶은 것들이 많은 사람일수록 미래에 대한 변화에 더 민감하고 빠르게 적응할 수 있다고 한다.

만약 성공한 사람들의 소망처럼 세상이 잘 변하지 않는다면 우리는 늘 그들의 성공을 지켜봐야만 할지도 모르지만 사실 세상은 너무나도 빠르게 변하니까 말이다.

세상에 당연한 게
어디 있어?

백조(白鳥), 말 그대로 하얀 새. 1697년 호주대륙에서 검은 백조가 발견되기 전까지 유럽사람들은 백조는 모두 흰색이라고만 생각했다. 그때까지 발견된 모든 백조는 흰색이었으니까. 너무나도 당연했던 '백조는 흰색'이라는 고정관념을 완전히 깨트린 검은 백조의 발견은 세상에 당연한 진리 같은 건 없다는 걸 역설하는 표현으로 자주 쓰이고는 한다.

어쩌면 인생에서 당연한 진리 같은 건 없는 것 아닐까? 성공한 사람들은 모든 면에서 나보다 뛰어나기에, 아직 그에 미치지 못하는 나는 성공하지 못할 거라고 착각하고 있었던 것처럼 말이다.

마치 '검은 백조'가 버젓이 존재하고 있음에도 백조는 무조건 흰색이라는 고정관념에 사로잡혀 있듯이 난 삶에는 성공과 행복을 이루어 낼 수 있는 정답이 있을 거라고 믿고 있었다. 아직 내가 성공하지 못한 건 그 당연한 정답을 찾지 못해서라고 생각했다. 사실 그런 정답 같은 게 있을 리가 없는데도 말이다.

이런다고 뭐 달라지는 게 있을까?

　'지금 하고 있는 이 일이 어쩌면 아무 소용 없는 헛짓거리에 불과한 건 아닐까?'
　'이건 보나 마나 뻔한 일인데 난 뭐 하고 있는 거지?'

그렇게 정답을 애타게 찾아서일까? 난 항상 내가 뭘 하고 있는지에 집착하고는 했다. 학교에 다닐 때도, 직장에서 일할 때도, 혼자 일을 하고 있는 지금도. 항상 무엇인가를 하고 있으면서도 지금 붙잡고 있는 일에 확신을 가질 수가 없었다.

혹시 소용없는 일에 시간을 쏟고 있는 건 아닌지, 정답이 아닌 오답을 선택한 것 아닌지 말이다. 그래서 자주 불안에 시달리고 무기력감에 휩싸이고는 했다.

그럴수록 무엇을 하고 있는지에 더 중요한 의미를 두곤 했다. 내가 지금 하고 있는 게 의미가 있는 일인지, 남들이 말하는 충분한 가치가 있는 것인지 말이다. 그것이 의미 있는 일이라면 최소한 불안하지는 않을 거라고 믿었다. 하지만 그럼에도 불구하고 불안함은 가시지를 않았다. 내가 잘하고 있다는 확신이 들지 않았다.

'이걸 왜 하고 있지?'라고 스스로에게 물어야 하는 이유.

지금 돌이켜 생각해보면 스스로에게 물었어야 했을지도 모르겠다. '난 지금 이걸 왜 하고 있나?'라고 말이다. '무엇을 하는지'에만 매달려 있다 보면 정작 내가 왜 이 일을 시작했는지는 까맣게 잊어버리곤 하니까.

그저 남들이 말하는 성공에 매몰돼서 그것을 좇고 있었을 뿐이었을지도 모른다. 나는 항상 쫓기듯 무엇인가를 하고 있는 사람이었지만, 정작 그걸 왜 하고 있는지는 모르는 사람이었던 거다. 그러니 불안하지 않을 도리가 있나.

만약 노력하고 있는데도 이게 다 무슨 소용이 있겠나 싶은 불안과 지독한 무기력감에 허덕이고 있다면, 그래서 자신의 삶을 불행하다고 느끼고 있다면 스스로에게 꼭 이 질문을 해보기를 바란다. '나는 왜 지금 이것을 하고 있는 걸까?'라고.

세상에 당연한 건 없으니까. 누구에게나 들어 맞는 정답이라는 건 더더욱 없으니까 말이다.

삶에서 '왜'라고 묻는 게 중요한 이유

노력하고 있는 데도 불안과 지독한 무기력감에 허덕이고 있
다면, 그래서 삶이 불행하다고 느끼고 있다면
'왜'라는 질문을 스스로에게 해보길 바란다.

세상에 당연한 건 없으니까.
누구에게나 들어 맞는 정답이라는 건 더더욱 없으니까.

05

불안이라는 놈이
무서운 진짜 이유

"역시 매는 먼저 맞는 게 낫겠지?."

"응? 무슨 소리야? 먼저 맞을 때 제일 아프지. 마지막에 맞아야 선생님도 힘이 빠지실 테니까, 가장 풀 파워로 맞고 싶은 거야?"

"응? 듣고 보니 그렇네. 근데 왜 매도 먼저 맞는 게 차라리 낫다고 하지?"

사실 먼저 맞는 매가
제일 아픈 법이다

매도 먼저 맞는 게 낫다고 한다. 그런데 사실 생각해보면 매는 먼저 맞는 게 제일 아픈 거 아닌가? 때리는 사람이 시간이 지날수록 힘이 세지는 초인 같은 존재가 아니고서야 시간이 지날수록 힘이 빠질 테니까 말이다. 되도록 힘이 빠지기를 기다렸다가 맞는 매가 훨씬 덜 아픈 게 상식적으로 보나, 과학적으로 보나 맞는 말인 것 같은데.

학창 시절을 생각해보면 매는 먼저 맞는 게 확실히 낫다고 생각하곤 했다. (물론 지금은 법적으로 체벌이 금지되었으니 엎드린 채로 몽둥이로 허벅지를 맞는 경우는 없겠지만) 교실에 열댓 명이 주르륵 줄을 서서 자기 차례를 기다리고 있다 보면 자신의 순서를 기다리며 앞에 친구들이 맞는 모습을 힐끔거리며 보는 친구의 표정이 가관이다. 차라리 먼저 맞고 난 친구들은 허벅지를 문지르며 씩 웃기까지 하는 여유까지 보이기도 하는데. 자기 차례에 긴장하고 있지만 사실 선생님은 수십 차례 휘두른 사랑의 매질(?)에 어깨가 아프신 듯, 연신 팔을 공중으로 휘휘 저으시곤 한다.

당연히 선생님의 힘은 처음보다 많이 빠졌을 테고, 처음 맞았던 친구에 비하면 덜 아플 게 확실하다. 하지만 맨 마지막에 맞는 친구는 세상 제일 아픈 매를 맞는듯한 표정이다.

왜 그런지는 그렇게 마지막에 맞아 본 사람들은 다 안다. 자기 순서가 다가올수록 느껴지는 압박감, 불안감 때문에 앞에 친구들이 맞은 매까지 자기가 다 맞는 기분으로 맞지도 않은 자신의 허벅지가 저려오기 시작할 테니까. 정작 자기의 순서에 사실 선생님의 팔은 이미 힘이 많이 빠져 고통이 덜 할 거라는 그런 상식적인 생각은 죽어도 못할 거다.

불안이라는 놈이 무서운 진짜 이유.

심리학에서 '불안'은 예측이 되지 않는, 불확실한 상황에서 느끼는 감정이라고 이야기한다. 이 불안이라는 감정은 평소라면 그냥 지나칠지도 모를 부정적인 감정들을 몇 배쯤 키운다고 한다. 언제 무서운 장면이 나올지 몰라 두려움에 떨고 있는 공포 영화 관객처럼, 자기 차례의 매를 기다리며 맞기도 전에 허벅지의 고통을 느끼는 고등학생처럼.

불안할 때 맞으면 실제 고통보다 훨씬 더 아픈 것 같다. 불안할 때 느끼는 외로움은 세상에 나 홀로 서 있는 것 같이 우울하다. 불안이라는 놈이 이래서 무서운가 보다.

불확실한 상황이 불안감을 낳고, 불안감이 나를 더 불행하게 만들고 있는 거라면, 지금 이렇게 모호하고 예측이 안 되는 현실의 상황에서 벗어나기 어렵더라도 스스로에게 확신을 가지면 해결할 수 있을까?

하지만 한 치 앞도 내다볼 수 없는 불확실한 현실에 놓여 미래는커녕 내일 하루도 어떻게 될지 모른다는 불안감에 시달리고 있는 사람들에게 안타깝지만 그런 희망찬 이야기는 어쩌면 닿지 않을지도 모른다. 설령 그게 가장 정답에 가까운 이야기 일지라도.

이 '불안'이라는 놈이 진짜 무서운 건 사실 이런 이유 아닐까? 알아도 내가 할 수 있는 게 별로 없다는 것 말이다.

공포 영화를
전혀 무섭지 않게 보는 방법

난 공포 영화나 스릴러 장르의 영화를 즐겨 보는 편은 아니다. 무서운 걸 못 봐서? 아니, 공포 영화가 별로 재미가 없어서다. 무서워서 싫어하는 게 아니라, 그저 굳이 돈을 주고 왜 스스로를 괴롭히는지 잘 이해가 되지 않는 것뿐이다. 그런데 내 와이프는 공포 영화를 아주 좋아한다. 그래서 여름만 되면 고역이었다. 그 시기에 개봉하는 공포 영화 중에 가장 무섭다고 소문난 영화들을 무조건 보러 가고는 했으니까. 올여름에는 '컨저링'같은 영화가 개봉하지 않기를 바랄 수밖에.

공포 영화를 좋아하지 않는 것 치고 나는 아주 '잘' 보는 편이다. 무서운 장면에서 눈을 돌리거나 깜짝 놀라 들고 있던 팝콘을 바닥에 흩뿌리는 경우는 없다. 타고난 강심장이냐고? 그럴 리가. 굳이 따지자면 난 겁이 많은 편에 속하는 사람이다. 고소공포증이 있어서 관람차도 무서워서 못 탄다. 심지어 TV에서 번지점프를 하는 장면이 나와도 채널을 돌려 버리기 일쑤다.

그저 철저히 대비하고 영화를 보러 갈 뿐이다. 요즘 블로그나 유튜브를 보면 매우 친절하고 상세한 리뷰(혹은 스포일러)가 엄청 많다. 사람들이 특히 놀라는 장면이나 상황을 매우 디테일하게 보여주곤 한다. 꼼꼼한 리뷰 덕분에 나는 사람들이 깜짝 놀라고 무서워할 장면에서 태연하게 관람할 마음의 준비를 마칠 수 있다. 모르고 보면 무섭지, 알고 보면 그렇게 무섭진 않다. 단점이라면 단지 영화가 더 재미없어질 뿐이다. 놀라라고 만든 영화를 놀라지 않을 준비를 하고 보니 재미가 있을 리가….

인생에 정답이 있을 리가 없지 않나?

인생은 아직 개봉하지 않은 공포 영화와 같았다. 언제 어디서 나를 불안하게 만들지 전혀 알 길이 없다. 그저 살면서 마주하는 방법밖에는 길이 없었다. 차라리 인생에는 내가 아직 찾지 못한 정답이 있었으면 좋겠다고 생각했다. 공포 영화를 무섭지 않게 볼 수 있는 것처럼, 삶에서 나를 불안에 떨게 하는 불확실하고 모호한 것들을 미리 알아챌 수 있으면 얼마나 좋을까? 하고 말이다.

어쩌면 성공한 사람들의 이야기가 인생의 정답일지도 모른다고 생각했다. 공포 영화의 리뷰처럼 나를 불안하게 만드는 것들을 알려줄 수 있지 않을까 싶었다. 그들의 삶은 성공적이었고, 그들이 살아온 이야기는 인생의 정답이라고 확신할 수 있을 테니까.

성공한 사람들의 책을 찾아 읽었다. 그들이 살아온 방법을 무작정 따라 해보기도 하고, 그들처럼 생각해 보았다. 하지만 딱히 변하는 건 없었다. 그건 그들의 삶이고, 그들의 방법일 테니까. 스티브 잡스의 삶을 따라 한다고 해서 내가 스티브 잡스가 될 수 있는 건 아니었다. 직장생활이 10년쯤 되니까 1만 시간쯤은 충분히 채웠음에도 내 삶의 불안이 사라지지는 않았다.

그래. 인생에 정답은 사실 없었던 것일지도 모르겠다. 내 삶이 불안한 건 인생의 정답이 있다고 믿어서 아닐까? 있지도 않은 인생의 정답을 찾다 보니, 정답이 아닌 오답을 고른 것 같아 불안해질 수 밖에 없었던 것일지도 모르겠다.

그러고 보면 인생은 공포 영화가 아니라 장르가 불분명한 미스터리 영화쯤 되지 않을까? 결말을 예측할 수 없는, 어쩌면 끝까지 봐야 알 수 있는 그런 영화 말이다. 난 그저 지레 겁먹고 있었던 아니었을까?

이따금 사는 게 너무 불안해서 밤잠을 설칠 정도로 두려움에 떨고는 하지만, 그때마다 인생에 정답 같은 건 없다고 생각하고는 한다. 정답을 찾지 못해서 불안에 떨지 말자고 말이다.

스티브 잡스의 삶도 그리 무탈하고 행복해 보이지는 않았는데, 나야 뭐 말할 것도 없다고 여기면서.

스티브 잡스의 삶 역시
그리 무탈하고 행복해 보이지도 않았는데,
나야 뭘 말할 것도 없지

그래. 인생에 정답은 사실 없었던 것일지도 모르겠다.

내 삶이 불안한 건 인생의 정답이 있다고 믿어서 아닐까?

있지도 않은 인생의 정답을 찾다 보니,

정답이 아닌 오답을 고른 것 같아

불안해질 수 밖에 없었던 건 아닐까?

06

남들과 다르다는 게
틀린 건 아니라고 말은 하지만

혹시 이 광고 본 적이 있나요?

모두가 '예'라고 할 때
'아니오'라고 할 수 있는 사람이 좋다.
YES도 NO도 소신 있게.

외국인들이 들으면 깜짝 놀란다는
대한민국의 일기예보

"오늘은 전국적으로 비가 내릴 것으로 예상됩니다."

이 일기예보를 들은 외국인들은 과장을 조금 보태 기절할 듯이 깜짝 놀란다고 한다. 특히 미국이나 러시아, 중국같이 땅덩어리가 어마어마하게 넓은 나라의 사람들은. 음? 이게 왜 놀랄 일이지? 그 나라에도 분명 비가 올 텐데? 사실은 '비'가 온다는 사실에 놀라는 게 아니라, '전국적'으로 비가 온다는 것에 깜짝 놀란다고 한다. 나라가 너무 넓어서 전국적으로 비가 내리는 건 기상 이변과도 같은 일이라는 거다.

하긴, 미국이나 중국 같은 나라의 '전국'은 대한민국과는 차원이 다르겠지. 그들에게 전국적인 비 소식이라는 건 한 번도 들어본 적 없는 전대미문의 사건일 테지. 아마 기상재앙 같은 것 아닐까?

반면에 대한민국에서 태어난 나는 이 전국적인 비 소식에 감흥이 없다. 태어나서 매년 겪던 일기예보에 불과한데 뭐 놀랄 일까지 있나? 그렇게 넓은 땅덩어리를 가진 나라에 비하면 우리는 좁디좁은 땅덩어리 아닌가? 얼마 전에 일어난 호주 산불로 인해 타버린 면적이 대한민국과 맞먹는다는 기사를 읽은 기억이 났다. 이게 나는 더 놀라운 일이었다. 거의 대재앙에 가까운 수준 아닌가? 대한민국이 다 타버릴 정도의 산불이라니.

우리나라 사람들이 '다름'을 잘 인정하지 못하는 이유.

심리학박사 김경일 교수의 강연에서 우리나라 사람들이 관점의 차이를 받아들이기 힘든 이유에 관해 설명한 대목이 떠오른다. 넓은 국토에 다양한 민족으로 구성된 미국이나 러시아 같은 나라는 '다름'을 쉽게 받아들인다고 한다. 수없이 많은 민족들이 얽히고설켜 통일과 분열을 반복하는 통에 서로의 다름을 인정하지 않을 수 없었던 문화 속에서 살아온 그들은 서로의 관점 차이를 쉽게 '다름'으로 인정하고 수용할 수 있었다는 것이다.

반면에 단일민족으로 삼국시대를 제외하고는 거의 통일된 국가를 유지해온 우리나라 사람들은 대부분이 비슷한 경험과 가치를 지닐 가능성이 높다는 것이다. 한마디로 '문화의 동질성'이 미국이나 러시아 같은 나라에 비해서 훨씬 클 수밖에 없다는 것. 즉, 나와 다른 생각이나 관점의 차이가 쉽게 받아들여지기 어려운 문화를 가지고 있다는 것이다.

다른 나라에서는 이상 기후처럼 느낄 전국적인 비 소식이 대한민국에서는 일상적인 일기예보인 것처럼 대부분의 사람들이 비슷한 경험과 비슷한 생각을 하는 게 매우 당연하게 받아들여졌을 테니까 말이다.

2001년, 그러니까 지금으로부터 20년 전쯤, 화제를 불러일으

킨 광고가 있었다. 수많은 사람들이 등을 돌리고 '아니오'라고 외치는 장면에서 단 한 명만이 정면을 응시하며 '예'라고 외친다. 그리고는 이런 나레이션이 흘러나온다.

"모두가 '예'라고 할 때 '아니오'라고 할 수 있는 사람이 좋다. YES도 NO도 소신 있게."

요즘 사람들에게는 생소한 옛날 광고일지 모르지만, 당시에는 굉장히 센세이션 했던 광고였다. 수많은 사람들이 이 나레이션을 따라 할 정도로 큰 인기를 불러일으킨 광고였다. 이 광고가 이런 화제를 불러일으킬 수 있었던 것은 그만큼 당시의 우리가 다른 의견과 관점의 차이에 대해 쉽게 받아들이지 못하고 있음을 역설적으로 보여주는 것 아닐까?

심지어는 다름을 인정하지 못하는 걸 넘어서 부정적인 시선으로 바라보기도 한다. 나와 다른 의견에 대해서 '아, 이 사람은 나랑 이렇게 다르구나.'가 아니라, '아, 얘는 나랑 진짜 안맞아.'라고 생각하곤 하니까. 우리는 꽤 자주 튀는 사람, 새로운 의견을 제시하는 사람에 대해 불편한 시선을 감추지 않기도 하니까 말이다.

> "남들은 다 아니라고 하는데, 꼭 그렇게 튀어야 속이 편하
> 겠어?"
> "남들 눈에 너무 띄지 마. 그게 찍히는 길이야. 모난 돌이
> 정 맞는다는 말 몰라?"

다른 의견에 대한 불편한 시선, 관점의 차이를 인정하지 않
는 분위기에 위축되고 만다. 새로운 의견과 다양한 생각은
길을 잃고 만다. 그래서일까? 사람들은 어느새 나보다 사람
들과의 관계를 먼저 살피는 것에 익숙하다. 내 생각보다는
남들의 생각이 훨씬 더 중요하다. 남들은 나에 대해서 어떻
게 생각하는지 항상 고민하곤 한다.

우리는 타인의 시선이나 관계에 얽매여 본래의 나를 종종 잃
어버리곤 한다. 다른 생각을 하는 자신을 틀렸다고 생각하고
는 한다. '이러면 사람들이 나를 어떻게 생각할까?'라는 생각
에 사로잡혀서 말이다. 하지만 관점의 차이는 발생할 수밖에
없는 일이다.

물론 타인과의 관계는 매우 중요하다. 나 혼자 사는 세상이 아니니까 말이다. 사람들의 생각을 듣고 소통하고 관계를 맺는다는 건 굳이 말하지 않아도 중요한 일이 틀림없다. 하지만 누구나 같은 관점을 가지고 있는 게 더 이상한 사회 아닐까? 남들과 다르다는 것. 이건 틀리거나 이상한 게 아니라 당연한 것 아닐까?

2차 세계대전에서 연합군이
독일군을 이길 수 있었던 결정적인 이유

전쟁에서 결국 패배하는 나라들의 공통점.

2차 세계대전에서 연합군을 승리로 이끌었던 2명의 주역. '아이젠하워'와 '조지 S. 패튼'. 이 둘은 성향도, 관점도 너무나 달랐다고 한다.

아이젠하워는 생각하는 리더, 관념적이고 거시적인 관점의 지휘관이었다고 한다. 전투에 있어서 항상 계획과 목표를 설정하는 것을 최우선으로 생각하는 사람이었다고 한다. 반면에 패튼은 적극적이고 극단적인 실천 주의적 지휘자였다. 항상 계획보다는 행동을 우선시하는 사람이었다고 한다. 둘은 성향도 관점도 너무나 확연하게 다른 사람들이었고, 서로 갈등하기도 했으나, 서로가 갖지 못한 장점을 가지고 있었다는 것을 인정했고, 결국 서로를 도와 전쟁을 연합군의 승리로 만들었다고 한다.

반면 독일군은 다름을 틀림으로 받아들였다고 한다. 그래서 '에르빈 롬멜'이라는 최고의 전략가로 평가되는 장군이 있었음에도 결국 패배할 수밖에 없었던 것 아닐까? 독재자 히틀러의 생각과 다른 관점은 절대 받아들여질 수 없었을 테니까 말이다.

전쟁에서 결국 패배하는 나라들의 공통점은 바로 '독재국가'라고 한다. 나와 다른 관점과 생각은 틀린 것이기에 스스로 잘못된 길을 바로잡을 수 없는 단점이 결국 전쟁에서 질 수밖에 없는 요인이라는 것이다.

남들과 다르다고 내가 틀렸다고 생각할 필요는 없다.

'이렇게 생각한다고 말하면 남들이 비웃지는 않을까?'

'이러면 남들이 뭐라고 생각하겠어. 나만 유별날 필요 없
지. 남들에게 손가락질이나 당하겠지.'

남들과 다른 생각을 한다는 것만으로도 '너는 틀렸어.'라는
말을 감내해야 할지도 모르는 상황에서 '다른 건 틀린 게 아
니야!'라고 자신 있게 남들에게 외칠 수 있는 사람이 얼마나
될까? 나 역시도 사실 그건 자신이 없다. 남들에게 얼마나 따
가운 눈총을 받게 될지, 또 그런 이유로 얼마나 힘들어질지
뻔히 알기 때문에 말이다. 어차피 나라는 존재는 사람들과의
관계 속에서 살 수밖에 없는 것 아닌가? 사람들과의 관계에
서 남들과 다르다는 이유로 괴로움을 겪어야 한다면 얼마나
불행해질지는 불 보듯 뻔한 것일 수밖에.

그저 남들과 다르지 않게, 다른 이들의 눈에 거슬리지 않는
다면 겪지 않아도 될 괴로움을 굳이 겪을 필요는 없지만, 지
금껏 살아오면서 느낀 건 남들에게 맞추며 사는 건 그리 쉽
지만은 않았다는 것이다. 그저 남들이 어떻게 생각하는지,
나는 좀 생각이 다르지만, 대세에 따른다는 것이 나를 더 불

행하게 만들고는 했다.

아니, 불행하다는 표현보다는 재미없는 삶이 되었다는 게 더
맞는 표현인 것 같다.

내가 뭘 좋아하는지, 나는 어떨 때 기쁜지, 지금 하고 싶은 게
무엇인지. 생각하지 않고 그저 남들의 생각이 우선이 돼 버
리곤 하니까 말이다. 의욕은 생기지 않았고, 난 점점 더 무색
무취의 취향이라는 건 찾아볼 수 없는 사람이 돼 버리곤 했
다. 사는 게 재미없다고 입버릇처럼 말하고, 쉬는 날에는 핸
드폰만 만지기 일쑤였다. 뭘 좋아하냐는 말에 선뜻 대답하지
못하고 그냥 남들이 좋다고 말하는 무난한 걸 찾게 되곤 하
는 그런 재미없는 삶에 익숙해졌다.

재미없고 무료한 삶. 어쩌면 이런 인생은 불행한 걸 넘어서
불쌍한 것 아닐까? 내가 행복한지 불행한지 생각조차 못 하
는 삶을 살고 있는 거나 마찬가지일 테니까 말이다.

독일의 철학자 '쇼펜하우어'는 이렇게 말했다.

'이러면 남들이 뭐라고 생각할까?'

늘 이런 생각에 사로잡혀 있는 사람은 노예일 뿐이다.

남들의 눈치는 보이지만, 또 이래도 되나 싶기는 하지만, 남들과 다른 생각을 숨기지 않을 생각이다. 남들에게 내 생각을 맞추지는 않으려고 노력해볼 생각이다. 그것이 사람들과의 관계를 불편하게 할지라도, 왜 너만 유별나냐고 눈치를 받아도 말이다.

불행한 걸 넘어서 내 인생을 불행하게 만들 수는 없으니까. 그게 '아싸'의 길일지라도.

재미없고 무료한 삶. 어쩌면 이런 인생은
불행한 걸 넘어서 불쌍한 것 아닐까?

남들의 눈치는 보이지만, 또 이래도 되나 싶기는 하지만,
남들과 다른 생각을 숨기지 않을 생각이다.
남들에게 내 생각을 맞추지는 않으려고 노력해볼 생각이다.
그것이 사람들과의 관계를 불편하게 할지라도,
왜 너만 유별나냐고 눈치를 받아도 말이다.

불행한 걸 넘어서 내 인생을 불행하게 만들 수는 없으니까.
그게 '아싸'의 길일지라도.

07

나를
'술'푸게 하는 세상

'1등만 기억하는 더러운 세상!'을 외치며 등장하는
개그맨 박성광을 보며 그때는 웃기기만 했는데,
지금 이 유행어에 쓸쓸함이 느껴지는 건 왜일까?

1등만 기억하는
더러운 세상

예전 개그콘서트에 '나를 슬프게 하는 세상'이라는 코너가 있었다. '1등만 기억하는 더러운 세상!'을 외치며 등장하는 개그맨 박성광을 보며 그때는 웃기기만 했는데, 지금 이 유행어에 씁쓸함이 느껴지는 건 왜일까?

세상은 실패에 인색하다.

확실하다. 세상은 실패에 너그럽지 않다. 경쟁에서 진 패배자들에게 더 없이 세상은 냉혹했다. 세상은 실패에 인색한 게 틀림없다. 그러니 '1등만 기억하는 더러운 세상'이라는 말에 씁쓸한 미소가 지어질 수밖에. 세상은 승자가 모든 걸 차지할 수밖에 없는 무한 경쟁의 사회가 틀림없으니까.

억울하지만 어쩔 수 없다. 억울하면 승자가 되어야지. 뭐 별수 있나. 그런 세상에 태어난걸. 1등이나 승자가 되면 좋으련만, 안타깝게도 나를 비롯한 수많은 사람들은 대부분 그렇지를 못하다. 대부분 경쟁에서 지는 쪽에 속하곤 한다.

하지만 아이러니하게도 세상은 실패를 두려워하지 말라고 한다. 실패는 성공의 어머니라고, 실패가 두려워 아무것도 하지 않는 사람은 결국 아무것도 될 수 없다는 그럴싸한 말들로 사람들에게 도전을 종용한다. 마치 실패해도 괜찮다는 듯 말이다. 사실은 실패에 인색하기 그지없으면서도.

전 세계에서 우리나라에서만 한다는 무시무시한 욕.

전 세계에서 우리나라에서만 통용되는 무시무시한 욕이 있다. "너 지금 잠이 오냐?"는 말이다. 세계에서 손꼽을 정도로 부지런한 우리나라 사람들은 부지런하지 않다는

걸 죄처럼 여기기도 한다. 노력한다는 건 당연하니까.

언젠가 우연히 들었던 심리학박사 김경일 교수의 강연 내용이 떠올랐다. "너 지금 잠이 오냐?"라는 말이 '욕'이었을 줄이야. 너무나도 익숙했던 말이라서 '욕'인 줄도 몰랐다.

내가 고등학교 시절에는 '4당5락'이라는 말이 유행했었다. 아니 그 훨씬 전부터 유행하기는 했지만. 아무튼 옛날부터 자주 써오던 말임은 틀림없다.

4시간을 자면 대학에 합격하고 5시간을 자면 떨어진다는 이 말의 의미는 네가 편히 침대에서 잠들어 있는 지금도 네 경쟁자들은 책상 앞에 앉아있으니 지금 당장 일어나 어서 책상으로 가서 남들에게 뒤처지지 않도록 노력을 하라는 말이다. 그렇지 않으면 원하는 대학에 갈 수 없다는 그런 무시무시한 협박에 의미를 담고 있었다. 어디 그뿐일까.

'그 성적에 지금 잠이 오냐?'
'10분 더 공부하면 미래 배우자의 얼굴이 바뀐다.'

이런 문구들이 교실 급훈으로 떡 하니 자리를 잡고 있었다. 이런 말들이 당연시되었으니 남들보다 덜 자고, 남들보다 더 노력하지 않으면 경쟁에서 낙오자가 될 수밖에 없는 건 당연하다고 믿을 수밖에.

입시에 실패한 이들에게 다른 선택지 같은 건 없었다. 대학에 들어가지 못하면 인생의 낙오자가 될 뿐이었다. 실패는 노력하지 않은 이들의 핑계이고 변명일 뿐. 어떠한 이유도 용납되지 않았다. 고등학생 때 이미 충분히 느낄 수 있었다. 실패한 사람들에게 세상은 관대하지 않다는 것을.

성인이 되기도 전부터 이렇게 실패에 인색한 세상이 나이가 들었다고 변할 리가 있나. 아니, 나이가 들수록 세상은 더 냉혹해질 뿐이었다. 차라리 고등학생 시절이 나았으면 나았지.

성인이 된 이후의 실패는 내 삶의 생존과도 직결된 문제였다. 먹고 사는 일에도 영향을 주니까 말이다. 자영업자들은 10명 중 9명은 매년 폐업을 한다고 한다. 취업이 하늘의 별 따기인 세상에 직장인들은 몸을 움츠리고 버티는 수밖에 없다. 작은 실수나 실패에도 먹고 사는 중대한 일에 문제가 생길지도 모르니까.

실패에 인색한 세상에서 내가 사는 법.

　"실패는 끝이 아니라 새로운 도전이야. 그러니 실패는 성공의 어머니라고 부르는 거지."
　"실패는 그냥 실패가 아니야. 경험이고 시행착오일 뿐이지. 실패를 통해 배우면 되는 거야."

어쩌면 저 말들이 맞을지도 모르겠다. 성공하려면 실패가 두렵더라도 모험이나 도전이 필요할 수밖에 없을 테니까. 단, 자신의 실패에도 버틸 자신이 있다면 말이다. 그런데 안타깝게도 난 그럴 자신은 없다. 이미 수 차례 실패의 경험에서 세상이 얼마나 인색한지 충분히 경험했을뿐더러, 심지어 지금도 실패에 인색한 세상에 몸서리를 치고 있으니까. 더 이상 실패의 두려움을 안고 새로운 도전을 할 용기가 나질 않는다.

그게 얼마나 힘들고 나를 불행하게 만드는지 충분히 알고 있으니까.

그래서 앞으로는 성공에 대한 기대감보다는 실패에 대한 두려움에 더 귀 기울이며 살아보려고 한다. 어쩌면 큰 기회들을 놓칠지도 모르고, 도전하지 않은 나를 후회할 수도 있겠지만, 그럼에도 아주 안전한 선택들을 하며 살고 싶다. 최소한 실패를 하지 않을 자신이 있는 결정들만 하면서 말이다.

성공할지도 모르지 않냐고? 그래. 그럴지도 모르겠지만, 실패할지도 모르잖아?

무패의 세계 챔피언이
억만장자가 되고 나서 남긴 한마디

무패의 억만장자. 복싱 세계 챔피언 플로이드 메이웨더 주니어. 10년 동안 벌어들인 돈이 한화로 1조 원이 넘는다고 한다. 전 세계에서 가장 돈을 많이 버는 스포츠 선수의 '플렉스' 넘치는 "세상에 돈이 전부는 아니지만, 또 그만한 게 없다."는 그 말에 공감하지 않을 수가 없다. 돈으로 행복을 살 수 없을지는 모르겠지만 최소한 반지하 월세방에서 행복해지려고 결심하는 것보다야 강남의 주상복합 아파트 소파에 걸터앉아 왜 삶이 이리 무료한지 고민하는 게 훨씬 더 행복에 가까운 것이 틀림없을 테니까.

어쩌면 행복은 돈으로 살 수 있는 것 아닐까?

흔히들 가난해도 마음이 부자면 행복해질 수 있다고, 행복은 돈으로는 살 수 없는 가치라고 말을 하는 사람들이 있는데, 그 말 정말 진심일까? 사실 누구나 부자가 되고 싶지만, 뜻대로 될 수 없는 현실을 부정하고 싶은 마음에 그저 돈과 행복을 분리해서 생각하는 건 아닐까? 사실은 스스로도 아니란 걸 알고 있으면서도 애써 부정하고 싶었던 건 아닐까 싶다. 돈이 없는 것도 서러운데 행복까지 돈으로 살 수 있다면 너무 억울하니까 말이다.

난 '가난'은 스스로를 불행하게 만드는 확실한 이유 중의 하나임에 틀림없다는 의견이다. 돈이 없다는 건 자신의 삶에서 수많은 것들을 포기할 수밖에 없게 만들곤 하니까. 나를 위한 시간을 포기해야 하는 경우는 물론이고. 심지어 내가 할 수 있는 선택의 폭을 줄이거나 아예 선택 자체를 못 하는 경우도 종종 발생하곤 하니까.

먹고 사는 일이 걱정인 사람에게 자신을 돌아보고 고민해보아야 할 시간은 쓸데없는 시간 낭비에 불과할지도 모른다. 등록금을 마련하기 위해 아침저녁으로 아르바이트에 시달리는 대학생들이나 생활고로 퇴근 후에 새벽까지 대리운전하는 사람들에게 자신을 위한 시간은 너무나도 중요한 것이니 꼭 그런 시간을 가지라고 말할 수 있을까?

간신히 맞춘 빠듯한 생활비에 갖고 싶었던 물건 하나 맘대로 사지 못하고 온라인마켓 위시리스트에만 넣어놓고 몇 달째 고민하는 사람들에게 선택이란 건 효율성과 가성비에 의존할 수밖에 없다. 내가 얼마나 가지고 싶었던 물건이냐는 중요치 않다. 얼마나 저렴한지, 이걸 구매하면 무엇을 포기해야 하는지가 가장 중요한 고민이 되고 만다.

반면에 부자라면 앞에서 말한 시간이나 선택에 있어 포기해야 할 것들이 별로 없다. 어디론가 훌쩍 떠나고 싶으면? 그냥 떠나면 된다. 나를 위한 시간이 필요하다면 충분히 가지면 된다. 먹고 사는 일에 구애를 받지 않은 정도의 부를 축적한 사람들은 시간의 구애를 받지 않는다.

그들의 선택은 효율성이나 가성비의 지배를 받지 않는다. 그냥 하고 싶은 선택을, 가지고 싶은 걸 가질 수 있으니까. 그들의 선택의 기준은 '이 선택이 나에게 얼마나 큰 만족을 줄 수 있을지'만 생각하면 된다. TV 드라마에 나오는 부자들은 왜 하나같이 백화점 명품관에서만 물건을 사느냐는 질문에 "집에서 가장 가까우니까?"라는 천편일률적인 대답을 하는지 알 것도 같다. 이러니 애초부터 부자들과 평범한 우리가 게임이 될 리가 있겠나.

그래서 돈이 행복의 기준이 되면 안 되는 이유 아닐까? 시간도 만족도 돈으로 살 수 있는데, 행복이라는 것도 돈으로 살 수 있다면 부자가 아닌 사람은 불행해질 수밖에 없을 테니까. 행복이라도 돈으로도 살 수 없는 가치여야만 좀 덜 억울하지 않을까?

이렇게도 사는 데 돈이 필요한 건 알겠지만 돈이 목적이 되는 삶을 살아서는 안 된다고 사람들은 말하곤 한다. 물질적인 가치로 이룰 수 없는 행복의 가치가 존재하니까. 그 가치는 세상과는 타협할 수 없는 자신만의 꿈과 이상을 실현했을 때 비로소 가질 수 있다고 말이다. 그래서 사람들은 힘들어도 자신의 꿈을 위해 묵묵히 걷는 사람들에게 진정 행복한 삶을 살아내는 것이라고 그들의 성공을 빌고 응원을 아끼지 않는다.

나 역시 그런 이들을 응원하고 끝내 행복해지기를 진심으로 바라지만, 솔직히 난 그들처럼 살 자신은 없다. 2011년, 한 영화 시나리오 작가가 집에서 굶주림으로 세상을 떠났다는 기사를 접했을 때 힘들지만 자신의 꿈을 위해 산 그녀가 행복했을까? 라는 생각이 들었다. 미래의 행복을 위해 지금의 고통은 단지 견뎌야 하는 시련에 불과한 것인지 말이다.

주호민 작가의 '무한동력'이라는 만화에 이런 말이 나온다. "죽을 때 못 이룬 꿈이 생각나겠나. 못 먹은 밥이 생각나겠나?" 만화에서는 물론 정답은 못 이룬 꿈이겠지만, 사실 못 먹은 밥 때문에 불행하지 않았을까? 그렇게까지 견뎌야만 할 만큼 그 꿈이라는 게 소중한지 묻고 싶었다. 돈이 목적이 되면 안 된다고 말하는 세상 사람들에게 말이다.

돈이 전부는 아니지만, 세상에 돈 만한 게 없지.

자신의 꿈을 위해 도전하고 지금을 인내하는 사람들을 폄하하고 싶은 마음은 전혀 없다. 오히려 난 그런 이들이 행복해지기를 바란다. 다만 메이웨더의 이 말처럼 돈이 인생의 전부는 아니지만, 또 돈 만한 게 없다는 것도 인정하지 않을 수 없다.

가난은 나를 확실하게 불행해질 수 있게 만드는 이유니까. 세상은 가난한 사람들에게 얼마든지 잔인해질 수 있다.

실패에 너그러운 척 인색한 세상, 가난에 얼마든지 잔인해질 수 있는 세상에서 그저 도전하라고 꿈을 이루기 위해 지금의 고통을 견뎌내라는 무책임한 말은 못 하겠다. 도전이 밥을 먹여주진 않으니까. 꿈만 있다고 지금의 불행을 견뎌야 할 이유를 난 전혀 모르겠다.

꿈이고 행복이고 간에 일단 먹고 사는 일이 우선이지 않을까? 돈 때문에 현실과 타협할 수도 있지. 멀고 먼 미래의 행복 때문에 현실의 고통을 억지로 버티지는 않았으면 한다. 세상은 당신에게 그리 너그럽지는 않으니까. 최소한 행복하지는 못하더라도 불행해지지는 말아야지.

어쩌면 세상은 내가 행복해지기를
바라지 않는 것일지도 모르겠다

실패에 너그러운 척 인색한 세상,
가난에 얼마든지 잔인해질 수 있는 세상에서
그저 도전하고 꿈을 이루면 행복해질 수 있다는
무책임한 말은 못 하겠다.

최소한 실패를 하지 않을 자신이 있는 결정들만 하면서
꿈이고 행복이고 간에 일단 먹고 사는 일이 우선시 하면서
멀고 먼 미래의 행복 때문에 현실의 고통을
억지로 버티지는 않았으면 한다.

세상은 당신에게 그리 너그럽지는 않으니까 말이다.

08

어쩌면 우리는 뇌의 거짓말에
속고 있는 것일지도

그때로 돌아갈 수 있다면 이런 선택을 하지 않았을 텐데.

살면서 마주하는 수많은 선택의 순간들에서

나는 습관처럼 자책을 해대고는 했다.

그때로 돌아갈 수만 있다면,
그런 바보 같은 선택 같은 건 하지 않았을 텐데

살면서 가장 충격적인 결말의 영화를 꼽으라면 난 일말의 망설임도 없이 '나비효과'를 꼽는다. 자신에게 일어난 문제를 해결하기 위해 아무리 과거로 돌아가서 원인을 바로 잡아봤자, 더 끔찍한 결과나 새로운 문제들이 발생하는 상황에 좌절할 수밖에 없었던 주인공의 선택은 결국 자신의 존재를 지우는 것이었다. 아직 뱃속에 태아였을 때로 돌아가 탯줄로 자신의 목을 감아 자살해버리고 만다. 결국 모든 일의 원인이었던 자신의 존재를 지워버리면 자신에게 일어난 끔찍한 일들은 일어나지 않을 거라는 생각으로 말이다. (영화 '나비효과'는 버전에 따라 여러가지의 결말이 존재한다. 내가 말한 결말은 감독

판의 결말이다)

작은 나비의 날갯짓이 지구 반대편에서는 폭풍이 될 수도 있다는 '나비효과 이론'. 자신의 사소한 선택과 행동에도 미래의 결과는 엄청나게 큰 변화를 만들어낼 수 있다는 영화의 내용과 기가 막히게 맞아떨어지는 제목 아닌가?

이 영화처럼 나도 과거로 돌아가 예전에 내 선택이나 행동을 되돌릴 수 있다면 어떠냐는 상상을 요즘 자주 하고는 한다. '만약 2년 전으로 돌아갈 수 있다면, 그때 나의 선택을 되돌릴 수 있을 텐데.' 하는 쓸데없는 엉뚱한 상상을 말이다.

2년 전, 회사를 그만두었다. 나이 마흔을 3년 앞둔, 30대 후반에 어느 날, 나는 '이렇게 살면 내 미래는 어떻게 될까?'라는 고민에 빠졌다.

　'내가 언제까지 회사에 다닐 수 있을까? 아니, 언제까지
　내가 일을 할 수 있을까?'
　'이러다 아기라도 생기면 지금 수입으로는 턱없이 힘들

텐데.'

지금의 내 상황. 그리고 앞으로의 미래. 이 모든 게 불확실하고 불안했다. 아직 회사에 다니고 있던 내가 벌써부터 그런 고민을 할 필요가 없다고, 아직은 쓸데없는 고민에 불과하다고 애써 고민을 지워내려 노력해도 봤지만, 한 번 고민에 빠지고 나니 걷잡을 수가 없었다.

그렇게 고민하기를 몇 개월. 고민에 대한 종지부를 찍었다. 사업이라는 도전을 시작해 보기로 말이다. 처음에는 힘들지 모르지만, 자리를 잡으면 괜찮겠지, 원래 내가 하던 일이니까 위험부담도 덜할 거라고 생각했다. 내 안에 행복회로가 작동하기 시작했다. 그때는 다 잘될 것만 같았다. 지금 이렇게 후회할지는 상상도 하지 못한 채 말이다.

시작은 나쁘지 않았다. 적당한 동업자도 찾을 수 있었고, 원래 해오던 일이라서, 큰 문제 없이 잘 흘러갔다. 이대로 잘 될 줄 알았지만 역시 세상일은 예측할 수가 없나 보다. 동업자와는 1년 전쯤 생각의 차이로 갈라서고 말았고, 자신만만했던 사업은 시간이 지날수록 점점 더 안 좋아졌다. 갈수록 떨어지는 매출과 비례해서 통장잔고는 줄어만 갔다. '망했다'라고 말할 정도는 아니었지만, 미래를 위한 준비가 아닌 그저 하루하루를 버티는 데도 급급해졌다.

뭔가 잘못되었다고 느끼기 시작했지만, 방법은 없었다. 그럴수록 마음속의 불안은 커져만 갔다. 이러려고 내가 사업을 시작한 건 아닌데 회사에 다닐 때 보다 미래를 더 불안해할 거라면 사업을 더 이상 할 이유가 없다는 생각도 들었다.

만족할 수 없는 현실에서
미래에 대한 기대감만으로 살기는 힘들다.

줄어드는 통장잔고와 매출만큼 불안감도 커져만 갔다. 이대로라면 몇 년 후에는 다시 취업을 해야 할 수밖에 없을지도 모른다는 위기감이 마음의 수면위로 올라오기 시작했다. 몇 번의 작은 성공도 있었지만, 불안감과 위기감을 채우기에는 한참 부족했다. 아, 나의 일생일대의 도전은 이렇게 끝나고 마는 걸까? 내가 너무 나를 과대평가 했던 걸까?

걱정과 고민으로 밤잠을 이루지 못하는 날들이 많아졌지만, 나를 제일 힘들게 했던 건 '월급'이라는 존재다. 회사에 다닐 때는 몰랐다. 너무나도 당연했던 '월급'이라는 존재가 얼마나 소중한지를. 매달 정해진 날짜에 통장에 찍히는 숫자의 의미를 나는 너무 간과했던 것 같다.

'월급'이라는 존재가 사라진 지금 나에게 누군가 매달 정해진 월급을 꼬박꼬박 준다면 영혼까지는 무리겠지만 왼팔 정도는 걸어도 괜찮지 않을까 싶은 생각까지 들었다. 마치 영화 '타짜'에 나오는 도박꾼들처럼. 그만큼 마음의 여유가 없어진 것이겠지.

불안한 현실과 더 불확실해진 미래 때문이었을까? 삶이 점점 더 불행의 구렁텅이로 빠지는 기분이었다. 사업을 결심했던 그때 나의 선택을 후회하는 날이 늘어만 갔다. 만족스럽지 못한 현실에 습관적으로 자책을 해대곤 했다.

　'왜 사업을 하겠다는 그런 멍청한 결심을 해서는. 회사나 잘 다닐 것이지.'

'이런 실수를 하고 잠이 와? 더 잘해도 모자랄 판에. 나는 아직 멀었어.'

그렇게 자책은 끝도 없이 커져만 갔다. 사실 누구를 탓할 수도 없었다. 누가 시켜서 한 일도 아니니까. 스스로의 선택이었고, 온전히 내 책임이었다. 그렇게 자책에 익숙해지자 누군가의 힘내라는 위로도, 잘 될 거라는 응원에도 좀처럼 나아지지 않았다. 이래서 직장이 전쟁터라면, 현실은 지옥이라고 얘기하는구나 싶었다.

자책을 넘어 자기비하로.

성숙한 사람은 남들에게는 관대하지만, 자신에게는 엄격해야 해야 한다고 말한다. 남 탓을 하는 건 성숙하지 못하고 어리석은 사람들이 자주 저지르는 실수라고 말이다. 성공하는 사람들은 자신의 잘못을 겸허히 받아들이고, 내 문제가 무엇이었는지, 어떻게 고칠 수 있을지 스스로를 돌아보고 반성하는 사람들이라고. 그렇게 자신에게 엄격한 사람들만이 성공할 수 있다고 말한다.

그런데 이상하다. 수 없는 자책과 반성에도 나아지지를 않는다. 아니, 나아지기는커녕 더 나빠지는 것만 같았다. 성공에 가까워지고 있다는 확신보다 '나는 뭘 해도 안 되는 사람이구나.' 하는 무력감만 커져갔다.

앞으로 더 행복해질 수 있다는 기대감보다 난 불행에 더 가까운 사람이라는 생각만 더 들었다. 그리고는 어느새 작은 실패에도 흔들리고 괴로워하며 자기비하를 쏟아내고는 했다. 습관적으로 자책과 반성을 해오던 난 어느새 자기비하도 습관처럼 해대고 있었다.

그렇게 자기비하에 익숙해진 탓일까? 아니면 자신에게 엄격해야 한다는 생각이 너무 지나친 탓이었을까? 어느새 나는 스스로를 믿지 못하는 사람이 돼 버렸다. 작지만 분명한 성과에도 '겨우 이 정도로 만족하고 마는 거야? 아직 난 멀었어.'라고 반성인지 비하인지 모를 자책을 하고 있었다. 좀처럼 나에게 관대해지는 법이 없었다. 혹시라도 그런 생각이 들 때면 스스로에게 합리화를 하고 있는 것일지도 모른다는 죄책감이 습관처럼 내 안에 자리 잡고 있었다.

어쩌면 우리는
뇌의 거짓말에 속고 있었을지도 모른다

심리학에서 '좌뇌의 거짓말'이라는 용어가 있다. 인간의 뇌는 어떤 문제가 발생했을 때, 그리고 그 문제의 원인이 명확하지 않을 때, 스스로 납득할만한 이유를 본능적으로 찾는데, 그 이유를 나의 잘못으로 받아들이는 경우가 의외로 많이 발생한다는 것이다. 예를 들면 이런 거다.

어두운 밤길에 걷는 사람이 우연히 돌부리에 걸려 넘어져서 다리에 금이 가는 상처를 입었다. 병원으로 가서 깁스를 하고, 1달은 목발을 짚고 다녀야 했다. 버스로 출퇴근은 힘들 것이고 택시를 타야만 했다. 업무에도 큰 지장이 생겼을 거다. 이런 불편함을 겪어야 하는 문제의 원인은 겨우 우연히 튀어나와 있던 돌부리에 걸려 넘어진 것. 자신이 겪을 불편함에 비해 '돌부리'는 스스로 납득하기 힘든 너무나도 사소하고 우연한 이유일 게 분명하다.

이때 뇌는 교묘하게 거짓말로 스스로를 무의식중에 속인다는 것이다. '그래 내가 괜히 그 길로 가서 그래. 어두웠으니 더 주의하며 걸었어야 했는데.'라고 문제의 원인을 돌부리에서 부주의한 나의 책임으로 돌린다는 것이다.

확실하고 합당한 외부의 이유가 있으면 좋겠지만, 없다면 내 탓이 가장 합당한 이유로 적당할 거다. 그게 거짓 이유건 인과관계가 어긋나건 상관이 없다. 나의 뇌는 결과에 대해 스스로 납득할 만한 합당한 이유가 필요할 뿐이라는 것이다.

자책도 습관이더라.

물론 인간은 언제나 나를 탓하기만 하고 자책만 하지는 않는다. 이 모든 게 다 내 탓이라고 생각하지도 않는다. 세상이 이렇게 힘든 건 모두 내 탓이고, 난 쓸모없는 사람일 뿐이라고 생각하는 사람이 있다면 고민하지 말고 하루빨리 병원에 가서 상담을 받는 게 정답일 거다. 이렇게 우울한 이야기를 퍼부어 놓고는 그게 무슨 소리냐고 할지는 모르겠지만. 여전히 나는 미래에 행복해질 거라는 기대감을 포기하지 않았다.

다만 지금이 만족스럽지 못할 뿐인 거지.

확실한 건 나를 탓하는 자책의 마음이 훨씬 크다는 거다. 그것도 자기반성이나 성찰보다는 자기비하에 가까운 자책 말이다. 그리고 이 마음이 지금 나를 행복하지 못하게 만드는 것 역시 확실하겠지.

그래. 어쩌면 난 뇌의 거짓말에 속아 스스로를 탓하고만 있었던 건 아니었을까? 내가 원인이 아닐지도 모르지만, 나를 탓하고 내 잘못이라고 인정해 버리는 게 어쩌면 납득 가능한 합리적인 원인이라는 이유로 말이다. 설사 그게 '거짓 이유'라도.

거짓 이유로 자책을 하는 게 인간의 본능일지도 모른다니, 조금 억울한 기분이 들기도 하다만.

성공보다는 실패에 익숙해진 일상에 지쳐버린 나를 비롯한 수많은 보통의 평범한 사람들. 만족스럽지 못한 현실 속에서 어쩌면 나를 탓하는 것 말고는 자신의 힘든 현실을 설명할 합당한 이유가 없었던 건 아닐까? 그렇게 습관이 되어버린 자책이 자기비하와 무력감으로 변해 스스로를 괴롭힌 건 아니었을까?

자기반성과 성찰을 위한 자책은 필요하겠지. 그런데 그게 그리 쉬울까 싶다. 자책은 자기비하를 낳고 자기비하는 불행을 낳는 악순환을 끊기가 그리 쉬워 보이지는 않으니. 자신에게 너그러워지기가 이렇게 힘들어서야 말이다.

힘들겠지만 나에게 관대해져야겠다고 다짐을 하고 있다. 내 행동과 생각에 그럴만한 이유가 있다고 납득해보기로 말이다. 어쩌면 남들이 비겁한 정신승리에 불과하다고 할지는 몰라도, 스스로에게 면죄부를 쥐여주기로 했다. 남들이 비난하더라도 꿋꿋이 나를 응원해 보기로 했다. 나를 괴롭히는 자기비하와 무력감에서 벗어나기 위해서.

나는 자기반성 같은 건 이미 이골이 나게 하고 있으니까 말이다.

어쩌면 남들이
비겁한 정신승리에 불과하다고 할지는 몰라도

힘들지만 나에게 관대해져야겠다고 다짐을 해본다.
내 행동과 생각에는 그럴만한 이유가 있다고
납득해보기로 말이다.
남들이 비난하더라도 꿋꿋이 나를 응원해 보기로 했다.
나를 괴롭히는 자기비하와 무력감에서 벗어나기 위해서.

자기반성 같은 건
이미 이골이 나게 하고 있으니까 말이다.

09

혹시 이 불행이
끝도 없이 반복되는 건 아닐까?

내 현실이 불행하게 느껴지더라도
끝이 있다면 그래도 견뎌볼 만하다.
아무리 힘들고 괴로운 현실이더라도
미래의 행복이 보인다면 말이다.
하지만 앞으로도 변함없이 지금이 반복된다면

버틸 자신이 있는 사람이 있을까?

불교에서 말하는
가장 무서운 지옥

영화 '신과함께'를 보면 7개의 저승과 지옥이 등장한다. 물론 영화이긴 하지만 죄인들의 혀를 뽑거나, 끓는 물에 집어넣는 지옥의 끔찍한 형벌들을 보자면 역시 죄짓고 살면 안 되겠구나 싶었다. 사는 게 지옥이라고 하는데, 죽어서도 저렇게 고통받고 싶진 않으니까 말이다. 뭐 죽어봐야 알 수 있겠지만.

우리나라에 저승과 지옥처럼 불교에서 말하는 팔열지옥(八熱地獄)이라는 이름의 8개의 지옥이 있다. 그 지옥들 중에 가장 무서운 지옥으로 무간지옥(無間地獄)을 뽑는다. '무간'이라는 말은 끝이 없다는 뜻으로 활활 타는 불길 속에 집어넣고 몸을 태우는 형벌을 내리는 지옥인데, 이 지옥이 가장 무서운 이유는 '영원히' 형벌이 끝나지 않아서라고 한다. 언제까지고, 끝도 없이 불에 타야 한다는 거다.

어쩌면 앞으로도 매일매일 똑같은 삶을
반복하게 되는 건 아닐까 하는 두려움.

매일 같이 후회와 자책에 시달리더라도, 때로는 이루지 못할 꿈에 좌절하고 무너지는 기분을 느끼더라도, 실패에 인색한 세상에 나를 탓할 수밖에 없는 현실에 힘들더라도 끝이 있다면 그래도 견뎌볼 만하다. 아무리 힘들고 괴로운 현실이더라도 미래의 행복이 보인다면 말이다. 하지만 앞으로도 변함없이 지금이 반복된다면 버틸 자신이 있는 사람이 있을까?

도통 끝이 보이지가 않는다. 미래의 내가 행복해질 거라는 어떤 확신도 들지가 않는다. 마치 '무간지옥'에 갇혀버린 것처럼. 아무리 발버둥 쳐봐도 내 삶은 변하지 않을 것 같다는 불안감에 잠을 설치는 날이 늘어만 간다.

그저 한번 잘살아 보고 싶다는 마음 하나로 발버둥 치듯 열심히 살았지만 내 삶은 이대로 매일매일 똑같을지도 모른다는 불안감과 두려움은 조금의 오차도 없이 확실하게 나를 불행의 늪에 빠트리기에 충분했다.

이런 나에게 미래는 아무도 알 수 없는 것이라고, 그저 지금 내가 할 수 있는 일에 최선을 다하면 행복해질 수 있을 거라는 듣기 좋은 말들은 왠지 와 닿지 않았다. 남들에게 휘둘리지 않고 오직 나답게 살면 행복해질 수 있다는 희망찬 이야기는 위로가 돼 주지 못했다. 이렇게 불안한 현실과 깜깜한 미래 사이에서 불안해하는 나에게 그런 무한긍정에 가까운 말들이 위로가 될 리가 있나. 그런다고 변하는 건 아무것도 없다는 걸 충분히 경험하고 있는데 말이다.

만족스럽지 못한 지금의 현실이, 불확실한 미래에 걱정과 두려움이 사라지지 않는 한, 난 행복이라는 걸 떠올리지 못할 듯싶었다. 어쩌면 이 두려움을 계속 안고 살아야 하는 게 나의 삶이 아닐까? 마치 끝나지 않는 무한 뫼비우스의 띠에 서 있는 사람처럼 계속 불행의 무한궤도를 도는 것처럼 말이다.

이러니 내가 불행하지 않을 도리가 있나.

어쩌면 삶은 행복보다는 불행에 가까운 게 당연한 것 아닐까?

그렇다고 내가 다른 사람들보다 특별히 더 우울하다고 생각하지는 않는다. 내가 만났던 대부분의 사람들은 나처럼 걱정과 불안을 안고 살고 있었으니까. 그리고 지금 이 글을 읽고 있는 당신 역시 마찬가지라는 걸 알고 있다. 그러니까 난 아주 보통의 평범한 사람이라는 거다. 그리고 나를 비롯한 지극히 평범한 우리는 안타깝게도 나와 비슷한 이유로 불행을 안고 살고 있다.

금수저를 물고 태어나지 않는 한, 타고난 운을 가진 사람이 아닌 이상에야 이 불행을 피할 도리가 없다. 그렇다고 모든 걸 포기하고 살 수는 없으니 조금은 그 행복이라는 것에 가까워지고 싶은 마음에 그렇게도 노력을 하며 산다. 내 한 몸뚱이를 혹사시키는 것 외에는 별다른 방법이 없다는 걸 알고 있으니까.

그럼에도 불구하고 삶이 바뀌는 경우는 거의 없다. 그러니 역경을 이겨내고 성공을 이루어낸 극소수의 사람들을 부러운 눈길로 바라보는 것이겠지. 나도 저렇게 성공하고 싶다고. 행복한 인생을 살고 싶다고 말이다.

물론 자신의 삶을 열심히 살아내는 사람들을 비하하는 건 아니다. 어쩌면 노력한 만큼의 작은 보상들이 따라오고는 하니까. 물론 그렇지 않은 경우도 많지만, 큰 문제가 없는 한, 오랜 시간 성실하게 노력한 사람들 대부분은 예전의 자신에 비해서 더 많은 것들을 누리고 채우며 살 테니까.

하지만 삶에서 채워진 것만큼 걱정과 불안도 비례해서 늘어간다. 조금 나아진 현실에서 행복을 누릴 새도 없이 새로운 불안과 걱정들이 그 자리를 순식간에 메워 버리고는 한다. 마치 쳇바퀴를 도는 다람쥐처럼 불행의 굴레는 끝이 없다.

그럴 때 남들도 모두 이렇게 산다고 그저 버텨내듯 살 수밖에 없다고 특별하지 않은 나를 자책하고, 평범할 수밖에 없기에 남들과 다를 바 없이 산다는 것을 받아들이고는 한다.

만족스럽지는 못하더라도 지금의 현실을 버리고서 남들과는 다른 나만의 행복을 찾는다는 건 분명 두려울 테니까. 지금보다 더 좋아질 수도 있겠지만, 나빠지지 않는다고 누가 장담할 수 있을까? 일말의 가능성 때문에 모든 걸 포기해야 하는 위험을 감내할 수는 없으니까 말이다.

불안한 미래에 걱정과 두려움이 앞서지만 그렇다고 지금까지 노력해온 현실을 포기하기에도 두려운, 이러지도 저러지도 못하는 평범한 우리들은 어쩌면 행복보다는 불행에 가까운 삶을 견뎌낼 수밖에는 답이 없을지도 모르겠다.

행복까지는
무리일지도 모르겠지만

아무리 노력해도 조금도 나아지지 않는 현실에, 끝이 없을 것 같은 미래에 대한 불안과 걱정 때문에 삶에서 행복이라는 걸 생각할 겨를이 없었다. 아니, 행복이라는 건 사치일 뿐이라고 생각했다. 그래서일까? '난 왜 이렇게 불행할까?'라는 생각에 끝도 없이 기분은 나락으로 떨어지고는 했다. 이렇게 노력하는데도 왜 행복은 멀기만 한 건지. 끝없이 우울해지는 내 기분을 감당하기 어려워질 때도 부지기수였다.

행복할 수 없다면 그저 불행할 수밖에 없다고 생각했다. 성공하지 못한 삶이 실패라고 느끼는 것처럼. 이 삶을 한 번에 역전시킬, 불행을 한 번에 뒤집을만한 커다란 행복이 없다면 그저 난 불행한 삶을 살 수밖에 없을 것이라고 생각했다. 하지만 그런 행운 같은 게 있을 리가. 매주 사는 로또복권에 인생 역전을 바라는 것처럼 쓸데없는 생각에 불과할 뿐이었다.

행복해지기 위해서가 아니라
덜 불행해지도록 사는 게 맞는 것 아닐까?

삶에서 마주하는 작은 기쁨들이 없었던 건 아니다. TV를 보며 박장대소를 하기도 했고, 오랜만에 보는 친구와의 술자리가 반가웠다. 아무리 삶이 지쳐있어도 삼겹살은 맛있었다. 이른바 '소확행'이라고 부르는 일상의 작은 것들에 기쁜 적이 없었냐고 묻는다면 기쁘고 즐겁다. 이런 맛에 산다는 말에 공감한다. 하지만 그걸 행복이라고 부를 수 있냐는 질문에는 고개를 갸우뚱거릴 수밖에 없다.

그런 작은 기쁨들이 있음에도 불구하고 여전히 내 현실은 암담하고 미래는 불안할 수밖에 없는데, 작은 기쁨에 취한다고 어떻게 행복이라고 쉽게 말할 수 있을까? 마치 '불안하지만 편안하다.'처럼 서로 반대의 말을 섞어놓은 것 같다는 생각이 들 뿐이었다. 이런 작은 기쁨이 행복이라고, 삶은 행복한 순간을 느끼는 거라는 말에 나는 동의할 수가 없다.

사실 행복이라는 게 뭔지 잘 모르겠다.

아주 보통의 평범한 우리들은 어쩔 수가 없다. 미래의 불안함에 걱정하고, 만족스럽지 못한 현실에 좌절한다. 살면서 마주했던 수 없이 많은 자신의 선택을 후회하고 자책한다. 그리고는 '아, 내 삶은 왜 이렇게 불행할 수밖에 없을까?'라고 생각한다. 이 불행이 혹시 끝나지 않을지도 모른다는 불안감에 좌절하면서 말이다.

어떤 이들은 이 불행을 끝내기 위해 작은 행복들을 찾아 스스로를 위로하기도 하고, 또 다른 이들은 행복을 찾아 도전이나 모험을 하기도 한다. 불행하다고 느끼는 자신의 삶이 행복해지기를 바라면서. 사실은 행복이 뭔지도 제대로 모르면서 말이다.

난 행복하지 않다. 아니, 정확히는 이 '행복'이라는 것이 어떤 것인지는 제대로 모르기에 행복하다고 말할 수 없는 것일지도 모르겠다.

지금 만족스럽지 못한 현실의 문제들에 걱정하고 괴로워하기도 한다. 경제적인 이유도 있고, 마흔이 다 되도록 좋아하는 취미 생활 하나 없기도 하고, 지금 이 일을 계속해야 하는지 종종 고민에 빠지기도 한다. 이런 것들은 나를 확실히 불행하게 만들고는 한다.

하지만, 와이프와의 데이트에, 고양이의 애교에, 좋아하는 사람들과의 술자리에서 기쁨을 느끼기도 하고 자주 웃는다. 이게 행복이라고 느끼지는 않을 뿐인 거지.

어쩌면 나에게 행복이라는 건 '원피스' 같은 것일지도 모르겠다. 분명히 어딘가에는 있다고들 하는데 난 한 번도 본 적 없는 그런 것 말이다. 이렇게 행복이라는 게 뜬구름 같은 것이라면 차라리 불행해지지 않기 위해 노력하는 삶이 더 낫지 않을까?

행복이라는 맹목적인 믿음에 스스로를 불행에 빠뜨리는 거라면 차라리 나를 불안하고 괴롭게 만드는 확실한 불행의 요소들을 최소화하는 게 내 삶에서 더 중요한 것이 아닐까? 행복해지기 위해서가 아니라 덜 불행해지도록 사는 것 말이다.

그럼 행복까지는 무리일지도 모르겠지만, 최소한 행복하지 못하다는 이유로 불행하다는 생각은 하지 않을 테니까.

불행이 끝나지 않을 것 같다는 두려움은
어쩌면 행복에 대한 막연함 때문일지도 모른다

하지만 생각해보면 그저 만족스럽지 못한 자신의 인생이
그저 불행하다고만 생각하는 것 아닐까?
사실은 행복이 뭔지도 제대로 모르면서 말이다.

차라리 나를 불안하고 괴롭게 만드는 확실한 불행의
요소들을 최소화하는 게 내 삶에서 더 중요한 것이 아닐까?
행복해지기 위해서가 아니라
덜 불행해지도록 사는 것 말이다.

그럼 행복까지는 무리일지도 모르겠지만,
최소한 행복하지 못하다는 이유로
불행하다는 생각은 하지 않을 테니까.

최소한 지금보다 더 불행해
지지 않기 위해서

독일의 위대한 철학자, 쇼펜하우어는 말했다.

'자신의 삶을 불행하지 않게 만들 수 있는
가장 확실한 방법은
너무 행복해지기 위해 애쓰지 않는 것이다'라고.

어쩌면 우리의 안녕한 삶을 위해서는
앞으로 더 행복해지려고 최선을 다해 발버둥 치는 것보다
최소한 지금보다 더 불행해지지 않기 위해 애쓰는 것이
더 중요한 것 아닐까?

10

도망친 곳에
낙원은 없다고?

어차피 사는 게 다 거기서 거기지,
도망치면 뭐 지금보다 나아질 것 같냐는 말을 수도 없이
들었다. 도망친 곳에 낙원이 있을 것 같냐고 말이다.
아무리 생각해봐도
지금 이 힘듦을 버텨야 할 이유를 찾지 못하더라도
우리는 버텨야 할 수밖에 없다.

왜? 도망친 곳에 낙원은 없으니까 말이다.

도망친 곳에
낙원은 없다

일 때문에 알고 지내던 지인과 오랜만에 만났다. 얼마 전까지만 하더라도 회사를 당장 그만둘 듯이 말했던 것이 기억나서 혹시 벌써 회사를 그만둬 버린 건 아닌지 조심스럽게 물었다.

"아, 그때는 너무 힘들었어요. 일도 그렇고 뭣보다 위에 상사랑 너무 안 맞아서요. 그래서 지금 하는 프로젝트만 마무리하고 퇴사해야겠다고 생각했는데, 그럼 제가 너무 한심할 것 같다는 생각이 들어서요. 그리고 이 정도도 버티지 못하면 나를 욕하는 사람들이 그럴 줄 알았다고 이야기할 게 뻔하니까요. 그럼 왠지 제가 그 사람들한테 지는 것 같아서 찜찜하더라고요. 그래서 악착같이 버티기로 했죠, 뭐."

그 마음 이해할 수 있었다. 나를 욕하는 사람들에게 빌미를 주고 싶지 않겠다는 마음. 이렇게 책임감 없이 도망치듯 퇴사하는 건 왠지 그 사람들에게 지는 것 같고 이 정도의 어려움도 이겨내지 못하는 자신이 앞으로 뭘 할 수 있겠냐는 생각이 들기도 하고 말이다.

이 정도도 이겨내지 못하면
그냥 인생의 낙오자가 될 뿐이라는 말.

"이 정도 힘든 것도 버텨내지 못하면 어쩌자는 거야? 어차피 사는 게 다 거기서 거기지."
"도망치면 뭐 지금보다 나아질 것 같아?"

이런 말들을 살면서 꽤나 많이 들어봤던 것 같다. 특히 회사에 다닐 때는 더욱더 말이다. 나랑 맞지 않는 직장 상사나 동료들. 성취감이라고는 전혀 생기지 않고 재미없기만 한 회사 일. 지긋지긋하게 반복되는 일상들. 아무리 생각해봐도 지금 이 힘듦을 버텨야 할 이유를 찾지 못하겠지만, 우리는 버텨야 할 수밖에 없다.

왜? 도망친 곳에 낙원은 없으니까 말이다.

그 힘듦을 버텨내지 못하고 괴로움을 토로하는 사람들에게는 여지없이 세상의 냉정함이 돌아올 뿐이다. 너만 힘든 것 아니라고. 이 정도 어려움이 없는 사람들이 어디 있냐고 말이다. 이렇게나 나약해서 어떻게 이 힘든 세상을 살아가겠냐고 주위에 걱정 어린 시선을 받아내야 하곤 한다.

약한 마음 먹지 말고 이 악물고 버텨내라고. 그러면 언젠가는 '아 그때 버티길 잘했다.'라는 생각이 들 때가 분명히 온다고. 지금, 이 순간을 참지 못하면 언젠가 분명히 후회하고 만다고 말이다.

아, 어쩌면 산다는 건 살면서 마주하는 괴로움들을 누가 더 잘 버틸 수 있는지 경쟁하는 것일까? 그래서 더 잘 버틴 사람들이 결국 행복해지고, 버티지 못하고 도망치는 사람은 낙오자가 될 수밖에 없는 게 세상의 이치인 듯싶다.

그러니 힘들고 어렵다고 도망치는 사람은 나약한 사람이 되어야만 한다. 버티지 않고 도망쳐서 삶이 더 행복해진다면, 도망친 곳에 낙원이 있다면 이 악물고 버텨낸 사람들이 너무 억울하니까 말이다. 잘 참고, 버텨내는 사람이 결국 행복해져야 하는 게 맞는 것이겠지.

그렇게 지금껏 악착같이 버티고 살았는데, 힘들어도 도망치지 않았는데도 왜 나는 행복해질 수 있다는 믿음은커녕 행복 근처에도 못 갈 것 같은 이 불안감이 드는 걸까?

도망치지 않고 버티면, 포기하지만 않으면
정말 결국에는 행복해질 수 있을까?

어느 날, 행정고시를 준비하던 친구가 연락이 왔다. 오랜만에 연락이라 드디어 합격했구나 싶었는데, 시험을 포기하고

140
141

학원 강사로 취직했다는 말을 꺼냈다.

자그마치 7년이었다. 30살 무렵부터 7년 동안 준비했던 시험을 포기한 건 너무 아깝지 않냐고, 조금만 더 버텨보지 그랬냐는 내 말에 친구는 어느 날, 갑자기 아침에 일어났는데 그냥 무작정 도망치고 싶었다고 했다. 매일같이 좁은 고시원 침대에서 일어나, 항상 가던 독서실과 학원을 전전하며 합격만 하면 이 모든 걸 보상받을 수 있다는 일념으로 버티는 게 한계에 온 것 같다고 말이다. 계속 이렇게 살다가는 죽을지도 모르겠다는 생각에 무작정 고시원에서 짐을 싸서 집으로 도망을 쳤다고 한다.

자신이 해왔던 게 아깝지 않은 건 아니지만, 그냥 살고 싶어서 말이다.

지금은 오히려 맘이 편하다고 했다. 아쉽긴 하지만 스스로를 괴롭히던 일상에서 도망친 걸 후회하지 않는다고 한다. 비록 목표에서는 멀어졌지만, 지금이 훨씬 낫다고 했다.

괴로움을 버티지 못하고 도망쳐버린 내 친구는 앞으로 언젠가는 그 선택을 후회하게 될까? 포기해버린 선택 때문에 불행해지고 말까? 아니면 오히려 도망친 덕분에 더 불행해졌을지 모를 자신의 삶을 스스로 구해낸 것일까? 확실한 건 몇 년 전의 친구의 얼굴보다는 지금이 훨씬 더 좋아 보인다는 거다. 그게 행복한지는 모르겠지만.

어쩌면 버티고 이겨내는 것보다 도망쳐야 지금의 불행에서 벗어날 수 있는 삶도 있는 건 아닐까?

도망치는 건
부끄럽지만 도움이 된다

일본 드라마 중에 이런 제목의 드라마가 있다.

　'도망치는 건 부끄럽지만 도움이 된다'.

제목에 끌려 봤지만 내 취향의 드라마는 아니라서 끝까지 보지는 못했다. 어쨌든 이 드라마의 제목은 확실히 임팩트가 있었다. 사실 포기하고 도망치는 것은 인생의 낙오자가 되는 길이 아니라 조금 부끄러운 정도가 아니냐는 생각이 들게 만드는 제목이니까 말이다. 도망치는 건 절대로 해서는 안 될 나약한 사람들의 변명 같은 게 아니라 그저 내 인생에 하나의 선택지 정도로 생각해도 되지 않을까?

우리는 '도망'이라는 것을 너무 부정적으로만 생각했던 것일지도 모르겠다. 아무리 힘들어도 절대 선택해서는 안 된다는 강박을 가지고 있었던 건 아니었는지 하고 말이다. 백 년에 가깝게 살아야 하는 삶에서 포기나 도망이라는 선택을 꼭 해야 하는 순간들이 생길지도 모르는 것 아닌가? 살면서 맞닥뜨리게 되는 역경과 고난을 이겨내지 못하고 피하거나 도망치는 선택지는 필요할 수 밖에 없다. 모두 다 버티고 이겨내기에는 우리 삶은 너무 길다. 물론 항상 피하거나 도망쳐서는 안 되겠지만.

생각해보면 시험 문제를 풀 때도 너무 어려운 문제는 건너뛰고 다음 문제를 풀기도 하지 않나? 그 문제를 잡고 있느라 다음 문제로 넘어가지 못하면 전체 시험을 망칠 수밖에 없으니까. 다른 문제들을 다 풀고 해결되지 않는 문제를 다시 푸는 게 훨씬 나을지도 모른다. 그리고 그 어려운 문제를 못 풀면 또 어떤가. 만점이 아니면 시험을 망친 건 아니니까 말이다.

인생은 100점을 맞아야만 훌륭한 건 아니니까.

'이렇게 도망치면 언젠가는 후회하고 말 거야.'

'이 정도의 어려움도 버티지 못하고 도망치면 그 정도에
불과한 사람 아닐까?'

'다른 사람들도 다 힘들어, 포기하고 도망치는 건 그저 나
약한 사람들의 변명일 뿐이야.'

마치 100점을 맞지 못하면 시험을 망쳤다고 말하는 사람처
럼 사람들은 자기 자신에게 너무나도 매정하게 군다. 스스로
를 너무 몰아붙인다. 모르는 문제나 힘든 문제 한두 개쯤은
그냥 넘어가도 될 텐데. 수많은 문제들 중의 하나일 뿐, 그 한
문제에서 도망친다고 내 삶이 끝은 아닐 텐데 말이다. 오히
려 도망치지 못해서 삶이 더 불행해질지도 모르는데도.

나는 내 인생이 100점짜리가 되지 않아도 괜찮을 듯싶다. 90
점쯤 되면 대단한 거지. 아니, 80점 정도로도 충분히 훌륭하
지 않나? 그럼 한 70점 정도는 될 수 있도록 살아 봐야겠다.
70점 정도면 그래도 나쁘지는 않을 테니까.

인생에서 나를 너무나도 괴롭게 만드는 한두 개의 문제 정도
는 그저 도망치는 게 나을지도 모르겠다.

내 인생에서 '도망'이라는 선택지는 필요하다

사람들은 마치 100점을 맞지 못하면
시험을 망쳤다고 말하는 사람처럼
자신에게 너무나도 매정하게 군다.
스스로를 너무 몰아붙인다.
모르는 문제나 힘든 문제 한두 개쯤은
그냥 넘어가도 될 텐데 말이다.

인생에서 나를 너무나도 괴롭게 만드는
한두 개의 문제 정도는
그저 도망치는 게 나을지도 모르겠다.

11

불행해지지 않는
가장 확실한 방법은
더 행복해지려고 애쓰지 않는 것

행복은 대게 비슷하게 닮아 있고
불행은 제각기 다른 이유라는 '안나 카레리나의 법칙'에
고개를 끄덕일 수밖에 없는 건 바로 이 점 때문인 듯하다.

행복은 멀고 불행은 가깝다는 것이 말이다.

안나 카레리나의 법칙

러시아의 대문호 '레프 톨스토이'의 대표작 『안나 카레리나』
의 첫 구절은 이렇게 시작한다.

> 행복한 가정은 모두 행복의 이유가 엇비슷하고
> 불행한 가정의 불행한 이유는 제각기 다르다.

이것이 그 유명한 '안나 카레리나의 법칙'이다. 예전에 '알쓸
신잡'이라는 프로그램에서 만약 무인도에 책 한 권만 가져가
야 한다면 어떤 책을 가져가겠느냐는 질문에 소설가 김영하
씨는 이 『안나 카레리나』를 고르기도 했다. 사실 난 그때 처

음 '안나 카레리나의 법칙'이라는 걸 접했는데 나중에 찾아보니 엄청 유명한 말이더라. 하긴, 소설에서 나오는 문장이 어떤 법칙이라고 불릴 정도면 뭐 말 다 한 것이지.

한번 호기심에 읽다가 포기했다. 왜냐고? 이 책을 한번 보면 안다. 상, 중, 하로 나누어진 이 책의 엄청난 분량을 보면 진짜 큰 결심을 하지 않는 한 완독하는 게 그리 쉬운 일은 아니라는 걸 금세 깨달을 수 있을 거다.

이 책의 완독 여부와는 상관없이 이 소설의 첫 구절은 임팩트가 어마어마하다. 행복의 이유는 누구나 비슷하게 닮아 있지만, 불행은 저마다의 이유가 있다는 '안나 카레리나의 법칙' 말이다.

행복은 주관적이기에 행복한 사람들은 저마다의 이유로 행복해 보인다고 누군가는 말하지만, 사실 행복해 보이는 사람들은 공통점이 있다. 경제적인 충분한 여유가 있고, 가족의 구성원들은 온화하고 밝은 성격을 가지고 있다. 집안의 분위기는 대게 화목한 편이며 다들 건강하다. 자잘한 문제들은 있을지언정 대체로 큰 문제가 없는, 어쩌면 완벽에 가까운 행복의 조건들을 공통적으로 가지고 있다.

반면에 불행의 이유는 어떤가? 행복의 이유들 중 한 가지만 빠지더라도 쉽게 불행해진다. 돈이 아무리 많아도 폭력적인 부모 밑에서 자란 아이들이 행복할 수 있을까? 화목하고 온화한 가정이지만 치명적인 불치병을 가지고 있다면 절대 행복하다고 말할 수 없을 거다. 화목하고 온화하며 건강에도 문제가 없지만 찢어질 듯 가난하다면? 사실 이게 제일 사람을 불행하게 만드는 이유일지도.

즉, '행복'이라는 건 수많은 행복의 조건이 맞아떨어져야만 가능한 것이지만. 반면에 불행이라는 건 이 행복의 조건들 중에 하나라도 결핍된다면 얼마든지 불행해질 수 있다는 거다. 그래서일까? 우리가 행복보다는 불행에 더 가까워질 수밖에 없는 이유가 말이다. 내가 '안나 카레리나의 법칙'에 고개를 끄덕일 수밖에 없는 건 바로 이 점이다. 행복은 멀고 불행은 가깝다는 것이 말이다.

굳이 꼭 행복에 목을 매야 하는 걸까?

흔히 '욜로'라고 불리는 라이프 스타일. '소확행' 혹은 '워라밸' 같은 말로 무한히 재생산되고 있는 이 행복한 삶의 모습들은 어쩌면 행복의 조건을 이루기 어렵다는 걸 역설하고 있는 건 아닐까?

누구나 보편적으로 생각하는 행복의 조건을 모두 갖추는 것이란 불가능에 가깝다고 생각해서인지, 사람들은 점점 더 이 '작은 행복'에 집중하고 있다는 느낌을 받곤 한다. 심지어는 '소소하지만 확실한 행복' 조차도 무리라는 듯 '최소확행'이라는 말을 쓰는 책이 서점 베스트셀러에 당당히 자리를 잡고 있을 정도니 말이다.

앞에서도 얘기했듯이 난 이 '행복'이라는 말에 집착하고 싶지 않다. 나에게 행복이라는 건 수많은 행복의 조건들을 빠짐없이 갖추고 있는 완전무결한 상태에 가까우니 말이다. 그저 기쁨이나 만족, 즐거움 같은 말로도 충분한 것들을 사람들은 굳이 '행복'이라는 말로 표현해야 속이 시원한 걸까?

나는 '행복'이란 말이 너무나도 부담스러운데 말이다.

이쯤 되면 나를 사람들은 '프로 불편러' 쯤으로 볼지도 모르 겠다. 그저 행복해지고 싶다는 마음이 뭐가 그리 불편하다고 그러는지 말이다. 하지만 사실 나는 누구보다 행복해지길 바라는 사람이다. 나라고 왜 행복해지는 게 싫겠나? 아니, 인간이라면 누구나 성공하고 싶고 행복해지고 싶은 게 당연한 것 아닌가?

하지만 우리는 행복해지는 것에만 매달리는 것이 어쩌면 자신을 더 불행하게 만드는 가장 큰 원인은 아닐까? 살면서 내가 가장 불행하다고 느꼈던 순간은 '행복'이라는 것을 이루지 못했을 때였으니까. 이 행복이라는 것을 간절히 원하면 원할수록 내가 느끼는 불행은 더 커지기만 했다.

원래 사람이 가장 힘든 건 원하는 것을 이루지 못할 때니까.

사람들이 흔히 말하는 행복은 마음먹기에 달렸다는 말은 교과서에 나오는 뻔한 말일지도 모른다. 행복은 대게 비슷한 이유로 찾아오곤 하니까. 불행은 수없이 많은 행복의 조건들 중 하나만 결핍해도 여지없이 찾아오는데도 말이다. 어쩌면 우리가 행복하지 못한 이유는 너무 행복해지려는 그 마음 때문은 아닐까?

불행해지지 않는
가장 확실한 방법

자신의 삶을 불행하지 않게 만들 수 있는

가장 확실한 방법은

너무 행복해지기 위해 애쓰지 않는 것이다.

- 쇼펜하우어

독일의 위대한 철학가 '아우투르 쇼펜하우어'는 삶을 불행에 빠트리지 않을 수 있는 가장 확실한 방법에 대해 이렇게 말했다. 너무 애쓰지 말라고 말이다. 물론 쇼펜하우어는 염세주의자로 유명하긴 하지만, 난 왜 이 말에 오히려 공감하지 않을 수 없다는 생각이 드는 걸까?

자신의 삶을 불행하다고 생각하는 이유는 어쩌면 행복해지고 싶다는 생각에 스스로를 불행하게 만드는 것들에 눈 감았기 때문은 아닐까? 행복해지려면 이 정도의 고통과 시련은 이겨내야 한다고 말이다. 그렇게 애써 무시했던 괴로움에 결국 스스로를 불행의 늪으로 빠트릴 만큼 커져 버린 것일지도 모른다.

너무 행복해지려 애쓰지 말자.

사람들의 행복해지려는 노력을 폄하하고 싶지는 않다. 다만 그만큼 자신을 불행하게 만드는 것들을 충분히 살펴야 하지 않을까? 나를 불행하게 만들지도 모를 불안과 두려움. 내면에서 비명을 지르고 있는 자책과 후회 같은 부정적인 감정들을 말이다.

나를 괴롭게 만들지도 모를 이 부정적인 감정의 신호들을 행복을 위해 노력하고 있다는 핑계로 외면하고 방치하다 보면 어느새 삶은 행복보다는 불행에 가까워졌다는 걸 스스로 느끼지 않을까? 아무리 발버둥 쳐도 점점 더 행복과는 거리가 멀어지고 있다고 생각하고 있을지도 모른다.

너무 행복해지려고 애쓰지 말라는 쇼펜하우어의 격언은 어쩌면 스스로를 불행하게 만들지도 모르는 부정적인 감정들에 귀를 기울이라는 것일지도 모르겠다.

자신의 삶을 행복하게 만드는 것만큼 중요한 건 불행해지지 않는 것일 테니까.

너무 행복해지려고 애쓰지 말 것

너무 행복해지려고 애쓰지 말라는 쇼펜하우어의 격언은
어쩌면 스스로를 불행하게 만들지도 모르는
부정적인 감정들에 귀를 기울이라는 것일지도 모르겠다.

자신의 삶을 행복하게 만드는 것만큼 중요한 건
불행해지지 않는 것일 테니까.

12

나에게
알맞은 온도

어느새 마흔에 가까워진 나이.
원래 미적지근한 온도의 사람이었던 나에게
세상이 바라는 뜨거운 열정 같은 건 없다.
그리고 별로 뜨거워지고 싶지도 않다.

나라고
열정이 없을까 봐?

당신의 언어 온도는 몇 도쯤 될까요

-『언어의 온도』

몇 년이 지나도 베스트셀러의 자리를 당당히 지키고 있는
『언어의 온도』라는 책의 서문에서 이기주 작가는 이 질문을
사람들에게 던진다. 당신의 언어 온도는 몇 도쯤 되나요?

말과 글에도 사람마다의 온도가 있다는데 사람의 마음에도
당연히 저마다의 온도가 있지 않을까? 따뜻하다 못해 뜨거
운 사람이 있는 반면에, 차갑다 못해 냉혈한 같은 사람들이

있지만, 사실 나는 뜨겁지나 차갑지도 않은, 어쩌면 미지근한 사람들이 훨씬 더 많을 것 같다는 생각이다. 내가 그런 미적지근한 사람이라서 그렇게 느끼는 것 같기도 하고.

마음속에 뜨거운 무엇인가가 용솟음쳐서 열정과 패기로 가득 찬 사람들을 볼 때면 나도 같이 뜨거워지는 느낌을 받곤 하지만, 사실 좀 부담스럽다. 만약에 저 사람이 내 직장 동료거나 혹은 상사라는 생각을 할 때면, 상상만으로도 왠지 두려워지곤 한다. 나에게 얼마나 엄청난 열정을 요구하게 될지. 이런 사람들은 회사라는 조직으로 묶여있지 말고 주변의 지인 정도가 되면 딱 좋을 듯싶다.

하지만 세상은 어쩌면 열정적인 사람들을 원한다. 없으면 있는 척을 하든, 없는 열정을 다시 지펴서라도 가지기를 바라는 것 같다. 회사에서, 사회에서 열정이라는 건 기본 중의 기본이다. 열정이 없는 사람은 나태하고 꿈도 희망도 없는 사람 취급받기 일쑤다. 열정은 어쩌면 토익점수처럼 회사에 입사하기 위한 기본 옵션인 것처럼 세상을 살기 위한 최소한의 스펙 같은 것일까?

나라고 열정이 없겠어?

솔직히 때때로 그들의 열정을 부러워 한 적은 있다. 나도 이십 대에 사회 초년생 때는 '열정'을 가진 신입사원일 때가 있었으니까. 하지만 마흔이라는 나이에 가까워질수록 이 '열정'이라는 것에 대해 다른 생각이 든다. 심지어 회사를 그만둔 지금의 나는 더더욱 열정이라는 것이 꼭 뜨겁고 불타올라야 하는 건 아니지 않냐는 생각이 들고는 한다.

열정(passion)이라는 말의 어원.

열정이라는 의미의 영어단어 'PASSION'은 라틴어 'PATI'라는 단어에서 유래되었다고 한다. 'PATI'는 '견디다' '고통을 참다'라는 의미의 라틴어인데, 영어단어에서 열정을 뜻하는 'PASSION'과 인내를 뜻하는 'PATIENCE'의 어원이라고 한다. 언뜻 보면 완전히 반대인 것 같은 '인내'와 '열정'을 뜻하는 이 두 영어단어는 사실 하나의 뿌리에서 유래된 단어라고 한다.

어쩌면 우리는 '열정'이라는 것을 꼭

불타오르듯 뜨거운 열의쯤으로만 생각하는 건 아닐까?

'열정'이라는 말의 사전적 의미는 '어떤 일에 열렬한 애정을 가지고 열중하는 마음.'이라고 한다. 무엇인가에 도전하는 것이, 혹은 패기와 의욕을 가지고 두렵지만 실행하는 것만을 보고 우리는 '열정적인 사람'이라고 말하지만, 어쩌면 뜨거운 의지를 지니고 삶에서 도전을 하는 것 만이 열정은 아닐지 모른다.

오히려 새로운 도전보다는 삶에서 지치지 않고 식지 않는 마음으로 지속적인 노력을 하는 사람 또한 열정적인 사람이라고 볼 수 있지 않을까?

어느새 마흔에 가까워진 나이. 원래 미적지근한 온도의 사람이었던 나에게 세상이 바라는 뜨거운 열정 같은 건 없다. 그리고 별로 뜨거워지고 싶지도 않다.

얼마 전에 뉴스에서 100세 할머니가 100M 달리기에 도전했다는 기사를 보게 되었다. 1분 17초 만에 결승점을 통과한 할머니의 도전은 어쩌면 눈에 보이는 뜨거운 열정만을 원하는 사람들에게는 그저 도전에 의의를 둔 감동적인 이야기로만 느껴질지도 모르겠다. 하지만 30년간 100M 달리기에 도전하기 위한 할머니의 열정이야말로 진짜 열정 아닐까?

쉽게 불타올랐다가 꺼지고 마는 그런 뜨겁기만 한 열정도 좋지만 뜨겁지는 않아도 묵묵히 지속적으로 꺼지지 않는 열정도 괜찮지 않나?

뜨겁지 않다뿐이지, 나라고 열정이 없겠나?

뜨겁지는 않지만 나에게 맞는 온도의 열정이 있다.

쉽게 불타올랐다가 꺼지고 마는
그런 뜨겁기만 한 열정도 좋지만
뜨겁지는 않아도 묵묵히 지속적으로 꺼지지 않는
열정도 괜찮지 않나?

뜨겁지 않다뿐이지, 나라고 열정이 없겠나?

13

걱정이 너무 많은 나는
불행할 수밖에 없는 걸까?

비관주의자들은 언제나 행복하다.

왜냐면 스스로 전혀 행복하지 않다고 증명할 때마다

큰 기쁨을 얻을 테니까.

– 마리 폰 에브너 에셴바흐

비관주의자는
절대 행복해질 수 없다는 말

내 주변의 나를 잘 아는 사람들은 나를 이렇게 칭한다.
'걱정의 끝판왕.'

해도 해도 끝이 없다. 이 걱정이라는 놈은. 뭘 하려고 마음먹으면 최악의 상황을 항상 먼저 생각하고는 한다. 이걸 하면 이런 문제가 생길지도 모르잖아? 그렇다고 문제가 있다고 안 할 수는 없는 상황인데. 아, 걱정이 걱정을 낳고 있다.

그래서인지 나를 잘 아는 주변의 사람들은 나와의 대화를 아주 피곤해한다. 이런저런 문제를 계속 이야기해대는 통에

'아, 그럼 차라리 하지 마! 대체 너는 죽는 게 무서워서 어떻게 사냐?' 라는 식으로 대화가 마무리되곤 한다. 물론 그들의 답답함을 십분 이해한다. 나도 이렇게 답답한데 이야기를 들어주는 상대방은 오죽하겠나. 그런데 이놈의 걱정중독은 고치려고 노력해도 잘 고쳐지지 않는다. 아, 난 타고난 비관주의자인가?

'비관주의자들은 언제나 행복하다.
왜냐면 그들은 스스로 전혀 행복하지 않다고
증명할 때마다 큰 기쁨을 얻을 테니까.'

– 마리 폰 에브너 에셴바흐

난 절대 이런 비관주의자가 아니라고 부정하고 싶지만, 솔직히 다 부정하지는 못하겠다. 미리 일어날 문제를 예상하고 불안해하며, 실제로 그 문제가 현실이 되고 나면 '이것 봐. 내 말이 맞았잖아.' 라고 생각하고는 하니까. 하지만 전혀 기쁘지 않다. 불행이 딱 들어맞았다고 그게 뭐 좋은 일이라고 기쁘기까지 하겠나. 그런다고 나한테 무슨 도움이 된다고. 어차피 결과에 따른 책임은 내 몫인데 말이다. 그런 거로 기뻐

하는 건 변태 아니야?

사람들은 나처럼 걱정이 많은 사람들을 비관주의자로 바라보는 경우가 종종 있는 것 같다. 그리고는 문제 있는 성격으로 규정하고 만다. 단지 낙관적인 성향을 가지고 있지 못하다는 이유로 말이다. 모든 일에 그렇게 비관하지 말라고. 잘될 수 있다는 생각으로 시작해도 괜찮다고 말이다.

분명 나는 낙관주의자는 아니다. 절대 아니라고 자신 있게 말 할 수 있다. 성공에 대한 짜릿함보다는 실패에 대한 두려움이 더 큰 나는 걱정이 많을 뿐이다. 이런 나를 '비관주의자'라고 부를 수는 없는 것 아닌가? 난 내가 불행해졌다고 기쁘기는커녕 더 우울해질 뿐인데 말이다.

하지만 정말 무서운 건 어느새 자신도 모르게 '정말 그런가?', '내가 문제인 건가?'라고 자신을 의심하고는 한다는 것이다. 사람들은 나를 비관주의자라고 부르는데, 난 한 번도 낙관적인 적이 없었으니까. 그러니 내가 틀렸을지도 모른다고 생각하지 않고 배길 수가 있겠나?

아인슈타인이 남들보다
성공할 수 있었던 비결

나는 성공의 짜릿함보다 실패의 두려움이 더 큰 것뿐.

"회사가 전쟁터라고? 밖은 지옥이야."

드라마 '미생'에서 오 과장은 예전 같은 직장 선배와 술자리에서 만난다. 늘 낙관적이고 패기 넘치던 선배의 모습은 온데간데없이 회사 밖을 지옥에 비유하는 예전 선배의 모습에 왠지 모를 쓸쓸함을 감추지 못했던 오 과장의 모습. 결국, 오 과장은 드라마 후반부에 이 선배의 동업 제안에 회사를 그만두고 사업에 뛰어들게 된다. 사업계획을 꼼꼼히 따져본 후,

한가지 동업의 조건을 제시하며 말이다. 자신도, 선배도 아닌 자신이 모셨던 부장을 회사의 대표로 모신다는 조건으로.

자신과 선배의 자본금으로 사업을 시작했으면, 공동대표가 되거나 혹은 자신이 대표가 되는 게 당연한 일임에도 극 중 오 과장의 선택은 흔들림이 없었다. 오히려 부장을 대표로 모시지 않는다면 동업을 하지 않겠다는 으름장까지 놓는다.

드라마를 보면서는 이해되지 않았던 오 과장의 마음을 지금은 이해할 수 있을 것 같다. 어쩌면 회사라는 전쟁터보다 더한 지옥 같은 현실로 뛰어드는 오 과장에게 필요한 건 부장의 '신중함' 아니었을까? 그 드라마에서 부장은 신중하고 조심스러운 성격으로 리스크 관리에 탁월한 인물로 묘사되곤 했으니까. 성공을 위한 모험과 도전정신보다 실패에 대한 두려움을 최소화 할 수 있는 신중한 선택이 더 필요했던 것은 아닐까?

나는 조금 더 신중한 사람일 뿐이다.

비관주의자들은 바람에 대해 불평을 터트린다.

낙관주의자들은 그 바람이 바뀌기를 기대한다.

그리고 현실주의자들은 돛의 방향을 바꿀 뿐이다.

– 윌리엄 아서 워드

비관주의도 낙관주의도 아닌 현실주의자. 세상을 바라보는 눈이 조금 더 현실적인 사람. 그래, 나는 현실주의자에 가깝다고 생각했다. 그렇지 못했다면 낙관주의자보다는 현실주의자가 돼야 하는 게 맞는 것 아닐까 싶었다.

내 삶이 잘 되기를 바란다. 그렇기에 조금 더 신중하고 냉정하게 현실을 직시해야 하는 것 아닐까? 그저 언젠가는 기회가 올 거라고, 인생의 기회는 찾아온다고 믿기만 하는 뜬구름 잡는 식의 낙관주의자가 되고 싶지는 않다. 사과가 떨어지길 기다리며 사과나무 밑에 입을 벌리고 있는 어리석은 사람과 무엇이 다를 바가 있나. 물론 자신의 삶을 낙관하고 긍정적으로 바라보는 사람들이 모두 그렇지는 않겠지만 말이다.

그래. 난 걱정이 많다. 함부로 내 미래를 낙관하지는 않는다. 그래서 삶이 불안하긴 하지만, 그런 이유로 낙관적인 사람이 되어야 할 필요는 없지 않을까 싶다. 내 성격상 그렇게 되지도 않을 것 같고 말이다. 낙관적인 척하며 속으로는 오히려 더 불안에 덜덜 떨고만 있지 않을까?

삶을 비관하고 싶지는 않다. 그렇다고 억지로 맞지도 않는 낙관주의자인 척하고 싶은 마음도 없다. 걱정이 많다는 건 그만큼 삶에서 나를 위험에 빠뜨릴 불안한 것들에 대해 민감하게 반응한다는 것일 테니까. 그저 돛을 이리저리 바꾸며 불안하지만 앞으로 나아가면 되지.

> 나는 똑똑한 게 아니라
> 문제를 남들보다 더 오래 고민했을 뿐이다.
>
> – 알베르트 아인슈타인

자신의 삶에 대한 희망으로 도전을 멈추지 않는 것. 어쩌면 자신의 삶을 성공으로 물들일 수 있는 확실한 방법일지 모르겠지만, 남들보다 조금 더 오래 고민하고 생각하는 '신중함'

역시 스스로를 성공으로 이끌 수 있는 방법이 아닐까? 아인슈타인이 말한 것처럼 말이다.

남들보다 더 오래 고민한다는 건 남들보다 그만큼 신중하다는 뜻이기도 할 테니까.

나는 똑똑한 게 아니라
문제를 남들보다 더 오래 고민했을 뿐이다

자신의 삶에 대한 희망으로 도전을 멈추지 않는 것이
어쩌면 자신의 삶을 성공으로 물들일 수 있는
확실한 방법일지 모르겠지만,
남들보다 조금 더 오래 고민하고 생각하는 '신중함' 역시
스스로를 성공으로 이끌 수 있는 방법이 아닐까?

아인슈타인의 말한 것처럼 말이다.

14

직장에서 상사에게
절대 물어봐서는 안 되는 질문

이상하게도 회사에서 내 직장 상사들은

내가 결제를 맡거나 업무 보고해야 할 때

그렇게 기분이 안 좋아 보이는 걸까?

참 희한하다. 결재서류를 들고 갈 때면 약속이나 한 듯이

굳어진 표정으로 나를 맞이하고는 한다.

오늘 뭐
좋은 일 있으신가 봐요

이상하게도 회사에서 내 직장 상사들은 내가 결제를 맡거나 어떤 업무에 대해 보고를 해야 할 때 그렇게 기분이 안 좋아 보이는 걸까? 참 희한하다. 결재서류를 들고 갈 때면 약속이나 한 듯이 굳어진 표정으로 나를 맞이하고는 한다. 회사를 그만두고 수많은 어려움들이 있었지만, 그럼에도 그만두길 잘했다는 생각이 들게 만드는 순간 중의 하나는 바로 굳은 표정의 직장 상사에게 결제나 보고를 하지 않아도 된다는 것이 틀림없다.

특히 매출이 떨어졌다고 보고할 때나, 뭔가 문제가 생겼다는 걸 보고할 때면 상사의 표정을 유심히 살피다가 조금이라도 얼굴에 웃음기가 보이면 그때 보고를 해야 한다. 기분이 안 좋아 보일 때 보고 했다가는 낭패를 보기 십상이니까. 그렇게 만반의 준비를 하고 보고할 때, 쭈뼛거리며 눈치를 보다가 한마디 하곤 한다.

"오늘 뭐 좋은 일 있으신가 봐요?"라고.

나름대로 최선을 다해 상사의 기분을 맞춰서 화기애애하게 지금 이 상황을 마무리하고 싶다는 일념에 용기를 내서 한마디 붙이지만, 매출 하락이나 문제에 대해서는 여지없이 깨지고는 한다. 그래도 기분이 안 좋아 보일 때 보고 드렸으면 더 크게 깨지고 말았겠지 하며 스스로를 달래고는 했다.

꼭 물어야 하는 질문.

이런 내 생각과는 반대로 심리학에서는 "오늘 뭐 좋은 일 있으셨어요?"라는 질문은 상사에게 절대 물어봐서는 안 되는 질문이라고 한다. 왜냐하면, 그 질문으로 상사는 자신이 기분이 좋은 이유를 생각하고 '인식'하게 돼 버리기 때문에 말이다. 그렇게 인식한 이후의 상사는 자신의 좋은 기분을 부하직원에게 연결 지을 필요가 없다는 걸 무의식중에 깨닫게 되고, 객관적으로 상황을 판단하게 된다는 것이다. 자신의 좋은 기분과 부하직원과의 업무는 전혀 상관이 없으니까.

오히려 반대로 상사가 기분이 좋지 않을 때는 "오늘 안 좋은 일 있으셨어요?"라는 질문을 꼭 해야 한다고 한다. 안 좋은 기분을 당신의 업무나 대화에 전염시키지 않도록 말이다. 자신의 좋지 않은 감정이 부하직원의 탓이 아님을 '인식'시켜야 한다는 것이다.

하지만 대부분의 직장인들은 눈치를 보며 이 질문은 하지 않는다. 그래서 오히려 업무와 관계없이 상사에게 직격탄을 맞고는 한다. 즉, 사람들은 합리적이고 이성적으로 생각해서 행동이나 결정을 하는 것 같지만, 사실 경험이나 감정에 결정이나 행동이 좌우되는 경우가 많다는 것이다.

어쩌면 사는 대로 생각하며 사는 게 당연한 것일지도.

폴 부르제라는 프랑스의 소설가는 이런 말을 남겼다.

생각한 대로 살지 않으면 사는 대로 생각하게 된다.

물론 우리는 생각한 대로 살기 위해 애쓰며 살고, 그것이 자신이 만족할 수 있는 삶이라고 생각하곤 한다, 그래서 사는 대로 생각하는 삶은 불행한 삶으로 치부하곤 하지만, 사실 우리는 자신도 모르는 사이에 꽤 자주 그저 사는 대로 생각하며 살고 있을지도 모른다. 인간은 원래 그런 존재라고 하니 말이다.

어쩌면 지금 나를 불행하다고 생각하게 만드는 건 경험이나 감정 탓은 아니었을까? 수없이 많은 실패와 불행의 경험들에 익숙해지고, 전염되어 버리고는 하니까 말이다. 그러니 자주 자신을 돌아보아야 할지도 모른다. 어제의 불안한 감정이, 최근의 우울했던 경험이 지금 나를 불행하게 만드는 건 아닌지 하고.

생각한 대로 사는 것도 물론 중요하겠지만 지금 느끼는 감정이나 경험들에 귀를 기울이는 게 중요할지도 모르겠다.

내가 느꼈던 좋지 못했던 경험을 앞으로의 나에게 전염시키지 않는다면, 어제의 나쁜 감정을 오늘의 나에게 끌고 오지 않을 수 있다면, 지금의 삶이 조금은 덜 불행하다고 느낄 수 있을 테니까 말이다.

때로는 자신의 감정이나 경험에 귀를 기울여 볼 것

내가 느꼈던 좋지 못한 경험을

앞으로의 나에게 전염시키지 않는다면,

어제의 나쁜 감정을

오늘의 나에게 끌고 오지 않을 수 있다면,

삶이 조금은 덜 불행하다고 느낄 수 있지 않을까?

15

대부분의 사람들이 잘못 알고 있다는 '긍정'의 진짜 뜻

내가 원래 좀 삐딱한 사람인 걸까?

살다 보니 이런 말들을 자주 듣고는 한다.

좀 긍정적으로 생각하면서 살면 안 되냐고 말이다.

좀 긍정적으로
살아야 하지 않겠어?

"좀 긍정적으로 생각할 수는 없는 거야?"
"너무 부정적으로만 생각하는 것 같아. 삶을 긍정적으로
살아야지."

내가 원래 좀 삐딱한 사람인 걸까? 살다 보니 이런 말들을 자
주 듣고는 한다. 좀 긍정적으로 생각하면서 살면 안 되냐고
말이다. 삶에 대해 낙관하지 않는 편이긴 하지만 내가 이런
말까지 들어야 하나 싶긴 하다. 그렇게까지 부정적인 사람
은 아닌 것 같은데. 하지만 굳이 대응하지 않으려고 노력하
곤 한다. 그렇게 무한 긍정의 '행복회로'를 돌리면 살림살이

가 좀 나아질 수 있겠냐는 말로 되받아칠 수는 없으니까 말이다.

"난 부정적인 사람이 아니라 그저 현실적인 것뿐이야."라는 말에 수긍해줄 사람이 그다지 많지는 않다. 오히려 삐딱한 데다 남의 의견을 받아들일 줄 모르는 편협한 사람으로 보이기 십상이니. "그래, 맞아. 그게 내 문제이긴 해."라는 말로 얼버무리곤 한다.

사람들이 '긍정의 힘'이라는 걸 말할 때 흔히 드는 이야기가 바로 그 유명한 '원효대사'의 일화다. 당나라로 가던 중 비를 피하고자 들린 동굴에서 목이 말라 옆에 있던 바가지에 물을 마셨는데 아침에 일어나 보니 동굴이라 생각했던 곳은 무덤이었고 갈증을 달래주었던 물은 해골에 담긴 썩은 물이었다는 걸 알게 된 후, 모든 것은 마음먹기에 달렸다고 깨달았다는 이야기 말이다.

이렇게 긍정의 힘은 아무리 열악한 상황에 부닥치더라도 극복해 낼 수 있는 것이라고, 사람들은 '긍정의 힘'에 대해 강

조하며 나와 같은 사람들에게 이렇게 힘들수록 긍정적인 생각을 하라고 말하곤 한다. 힘들수록 긍정의 힘을 믿으라고. 비관적인 상황일수록 더욱더 무한 긍정의 자세가 필요한 것이라고 말이다.

긍정적으로 생각했던 사람들은 모두 죽었다.

베트남 전쟁 당시 수많은 미군들이 베트남의 포로로 잡혀 종전이 되기도 전에 포로수용소에서 죽어갔다. '제임스 본드 스톡데일'이라는 미군 장교 역시 이때 포로로 잡혀 8년간이나 포로 생활을 한 뒤 종전 이후 풀려났는데, 이때 함께 포로가 되었던 동료들은 대부분 죽고 말았다고 한다. 어떻게 힘든 포로수용소 생활을 견뎌내고 생환할 수 있었냐는 질문에 스톡데일은 이렇게 대답했다고 한다.

"긍정적으로 생각했던 내 동료들은 모두 죽고 말았다."

곧 풀려날 거라는 긍정적인 생각으로 포로 생활을 버텨내던 동료들은 기약 없이 길어지는 전쟁에 상심하며 희망을 잃고 죽어갔고, 스톡데일은 그저 현실을 받아들이고 상황을 낙관하지 않으며 묵묵히 버텨서 생환할 수 있었다는 것이다. 이 일을 '스톡데일 패러독스'라고 심리학에서는 부르며 막연한 긍정의 자세의 위험을 보여주는 사례로 소개되고는 한다.

사람들은 '긍정'이라는 말을 잘못 알고 있다.

흔히 사람들은 긍정이라는 말을 '앞으로 좋아질 것이라는 기대'라는 뜻으로 알고 있지만, 국어사전에서 '긍정'이라는 말은 좋아질 것이라는 의미를 가지고 있지 않다.

* 긍정
: 그렇다고 인정함.
: 사물의 존재 방식을 그대로 승인하는 것.
: 그러하다고 생각하여 옳다고 인정함.

즉 긍정의 진짜 뜻은 그대로 인정하고 수용하고 받아들이는 것이라는 거다. 긍정적인 생각을 하라는 말은 '좋게 될 거라고 믿고 생각하라'라는 뜻이 아니라 '있는 그대로 수용하고 받아들여라.'라는 게 진짜 의미라는 것이다.

'스톡데일 패러독스' 사건에서 보여주듯이 무조건 잘 될 거라는 믿음은 힘들고 괴로운 상황에 놓여있는 사람들에게 헛된 희망을 안겨줄 뿐. 실제로 그 괴로움을 버틸 힘을 주지는 못한다는 것이다. 오히려 괴롭고 힘든 상황을 그대로 수용하고 받아들일 때 이겨낼 수 있는 힘이 될 수 있다는 거다.

어쩌면 우리는 '가짜 긍정'에
속고 있었던 건 아닐까?

사람들이 말하는 '긍정'이라는 건 어쩌면 가짜 긍정에 불과한 것 아닐까? 그저 잘 될 거라고, 희망을 놓지 말라는 말은 반쪽짜리 긍정일 테니까 말이다. 현실을 직시하지 못한 무조건적인 긍정은 그저 바보 같은 낙관주의와 다를 바가 없어 보인다.

어쩌면 원효대사는 그 해골에 담긴 썩은 물을 모르고 마신 게 아니고 알고 마셨던 건 아닐까? 갈증과 배고픔에 지쳐있는 자신에게 유일한 해결책이 그것뿐 이었을지도 모르니까. 누군가가 자신을 구하러 올지도 모른다는 무조건적인 긍정으로는 이 위기를 극복해 낼 수 없다는 걸 알고 말이다. 지금의 괴로움을 견뎌내기 위해서는 썩은 물이라도 필요하다는 걸 받아들인 것일지도 모르겠다.

우리는 좀 더 긍정적일 필요가 있다.

지금 스스로를 불행하다고 느끼는 사람들은 긍정적인 생각과 태도가 필요할 듯싶다. 그저 막연히 잘 될 거라고 믿는 가짜 긍정이 아닌 지금 현실을 냉철하게 인식하고 받아들일 수 있는 진짜 긍정 말이다. 좀 긍정적으로 살아야 하지 않겠냐고? 그래 맞다. 난 더 긍정적이어야 할 것 같다.

막연히 언젠가 잘 될 거라는 기대만으로 지금 현실의 괴로움에 눈 감고 버텨낼 수만은 없을 테니까 말이다.

혹시 당신도 '가짜 긍정'에 속고 있을지도 모른다

좀 긍정적으로 살아야 하지 않겠냐고?
그래 맞다. 난 더 긍정적이어야 할 것 같다.

막연히 언젠가 잘 될 거라는 기대만으로
지금 현실의 괴로움을 눈감고
버텨낼 수만은 없을 테니까 말이다.

16

원하는 걸 이루는 것이
행복한 삶인 걸까?

원하는 걸 이루는 게 행복한 삶의 필수조건이라면

아마 대부분의 사람들은 평생

행복이라는 건 이루지 못하게 될지도 모른다.

대한민국에서
가장 잘 먹힌다는 광고

혼자 집에서 텔레비전 채널을 돌리다가 홈쇼핑 채널에서 평소에 살까 말까 고민하던 상품이 방송에 나오면 정신없이 돌리던 리모컨에서 손을 떼고 정신줄을 놓고 홈쇼핑에 빠져들 때가 있다. '매진 임박, 벌써 000명이 구매를 결정해 주셨네요. 이제 몇 개 남지 않았습니다.'라는 쇼 호스트의 말에 마음이 다급해지곤 해서 핸드폰을 찾는 경험도 꽤 있다. 왠지 지금 사지 않으면 손해라는 생각에 말이다.

"직장인 필수 아이템. 아직 구매하지 않은 건 당신뿐일지도 모른다."

"00명이 선택한 이 제품. 아직도 고민하고 계신가요?"

이런 광고문구들을 인터넷이나 SNS에서 꽤 자주 발견하곤 한다. 매번 그런 건 아니지만 가끔은 이런 광고에 혹해서 물건을 사는 경우가 제법 있다. 이렇게 많은 사람들이 산 제품이라면 믿을만하지 않을까? 나 빼고는 다들 가지고 있다는 말에 왠지 구매하지 않으면 안 될 것 같기도 하고.

그렇게 구매한 제품을 오랫동안 유용하게 잘 쓰면 좋으련만, 대게는 집 한구석에서 굴러다니고 있는 경우가 대부분이다. 한두 번 쓰고는 내팽개치고 만다. 이래서 충동구매는 위험하다. 혹하는 마음에 샀다가는 낭패를 보기 일쑤니까. 다시는 그런 광고에 속지 않겠다고 다짐하지만 여전히 우리 집에는 굴러다니다 못해 개봉도 하지 않은 제품들이 새로 쌓이고는 한다. 저주파 안마기나 스쿼트 운동기구 같은 것들 말이다.

왜 나는 쓰지도 않을 물건들을 사서 방치하고 마는 걸까?

심리학에서 '원하는 것'이란 내가 가지지 못했다는

불편한 감정을 벗어나고 싶은 심리상태라고 말한다.

심리학자들은 사람들이 원하는 것, 'WANT'라는 것을 '결핍이 주는 불편한 상황에서 벗어나기 위한 심리 상태'라고 이야기한다. 즉, 나만 가지지 못한 이 불편한 상황을 해소하기 위해서 '나도 이것을 가지고 싶어 한다.'라고 생각한다는 것이다.

그러니까 '당신만 가지고 있지 않다.'던가 '수많은 사람들이 선택한 제품'이라는 광고에 사람들은 구매를 결심하거나 선택할 확률이 높아진다고 한다. 그래서 기업의 마케팅에 있어서 이 'WANT'를 자극하는 건 아주 효과적인 홍보 수단이라는 것이다.

하지만 가지지 못했다는 불편함에서 벗어나고 나면, 그러니까 그것을 가지고 난 사람들은 더 이상 'WANT'의 감정이 작용하지 않는다고 한다. 내가 그토록 가지고 싶었던 스쿼트 기계가 막상 배송 온 이후 몇 번 사용해보니, 생각했던 것과는 달라서인지 점점 집에서 사용하는 시간은 줄어들었고, 결국 지금은 창고에서 먼지만 쌓여가고 있다.

내가 쓰지도 않을 물건을 사서 방치했던 건 이런 이유 때문이지 않았을까? 그저 원하는 것을 채우기 위해서 말이다.

원하는 걸 이루는 것이 행복한 인생일까?

드라마 '이태원 클라스'에서 주인공 박새로이는 교도소에서 자신에게 "어차피 인생 끝난 전과자면서 넌 뭘 그리 잘났어?"라고 시비를 거는 사람에게 이런 말을 한다.

"내 인생 아직 끝나지 않았고! 난 원하는 거 다 이루면서 살 거야!" 라고.

원하는 걸 이루기 위해 박새로이는 삶의 고단함을 감내해야 했다. 자신이 원하는 목표를 이루기 위해 밤에 잠을 이루지 못하고, 실패할 때마다 불안에 떨며 스스로를 다그쳤다. 드라마에서 그는 매일 새벽에 일어나 무작정 달렸다. 자신이 원하는 것을 이루는 것만이 삶의 목적이고, 그것을 이루기 전에는 절대 행복해질 수 없다고 자신을 끝없이 채찍질하면서 말이다.

드라마에서 결국 주인공은 그 어려운 걸 다 이뤄내고 해피엔딩으로 결말이 났지만, 이 드라마가 현실이라면 어땠을까? 과연 드라마처럼 원하는 것 다 이뤄내고 행복해질 수 있었을까? 아주 높은 확률로 원하는 것을 이루지 못한 괴로움에 불행한 삶을 여전히 버티고만 있었을 테지.

자신의 현실이 괴롭고 불행하다고 느낄수록 원하는 것에 더 집착하게 되면서 말이다.

지금의 고통에 대한 보상은 오로지 원하는 것을 이루는 것밖에는 없다는 생각밖에 할 수 없다면 현실은 더 불행해질 수밖에 없다. 원하는 건 결국 '결핍'에서 올 수밖에 없으니까. 원하는 것을 채운다고 하더라도 언젠가는 자신이 갖지 못한 '새로운 결핍'을 찾아 다시 원하는 것을 이루는 것이 삶의 목표가 되고 말 거다.

원하는 걸 이루는 게 행복한 삶의 필수조건이라면 아마 평생 행복이라는 건 이루지 못하게 될지도 모른다.

좋아하는 걸 선택하는 것이
삶의 가성비를 높이는 결정 아닐까?

그래서 심리학에서는 조금 더 행복한 삶을 위해서는 원하는 것보다 좋아하는 것을 선택해야 한다고 말한다. 'WANT'는 순간적인 욕망에 더 가까운 선택이라서 지속될 수 없지만, 반면에 좋아하는 것, 즉 'LIKE'는 자신의 취향이나 무엇을 더 선호하는지에 대한 감정이기 때문에 지금 내가 원하는 것인지, 좋아하는 것인지 구분하여 선택할 수 있다면 만족감이 훨씬 더 오래갈 것이라는 거다.

먹고 사는 일에 하루하루 지쳐가는 사람들에게 자기가 자신이 좋아하는 것들을 선택하며 살라는 말은 어쩌면 뜬구름 같은 소리에 불과하다는 걸 잘 알고 있다. 그렇게 산다는 게 얼마나 배부른 소리인지도.

어릴 적부터 꿈꿔왔던 일들이 직업이 되면 얼마나 좋겠나. 남들이 부러워할 만한 직업과 경제적 여유를 가지고 있으면 훨씬 더 나은 삶이 될 거라는 걸 누가 모르나. 그렇지 못한 게 현실이니까, 이런 현실에 발 딛고 살고 있으니까 행복해지기가 이리도 힘든 건데 말이다.

하지만 분명한 건 원하는 걸 이루기 위해 사는 삶은 현실에 고통을 억지로 버틸 수밖에 없는 불행한 삶이 될 가능성이 크다는 거다.

나를 위한 최소한의 안전장치.

어쩌면 뻔한 이야기일지 모르겠지만 살면서 머릿속에 계속 맴돌며 잊히지 않은 것들을, 그리고 작지만 당신이 선호하는 취향을 고민해 보면 어떨까?

유행이 지난 지 한참이지만 아직도 컬러링에 질리지 않고 계속해서 하고 있다면, 남들이 모두 가지고 있어서 샀지만, 아직도 사용하고 있는 물건이 있다면 그건 분명히 '좋아하는 것'임이 틀림없다. 오랫동안 질리지 않고 계속해서 생각나는 것이 있다면 당신은 그걸 좋아하는 것일 테니까. 취향이나 선호라는 건 그런 것이니까 말이다.

우리는 살면서 이런 것들을 자주 잊고 살고는 하니까. 내가 뭘 좋아하는 사람인지 말이다. 나만의 취향에 대해서는 고집하지 않는 게 미덕인 세상이라서, 남들이 좋아하는 걸 나도 좋아하는 것이라고 믿어버리곤 하니까.

나는 그르렁대는 고양이의 등을 쓰다듬는 것을 좋아하고, 내가 좋아하는 삼겹살집에 한 달에 한 번씩은 꼭 찾아간다. 마흔에 가까운 나이에 만화책을 좋아해서 사 모으기도 한다. 내 와이프는 1년에 몇 번은 프리다이빙을 위해 바다로 떠나곤 한다. 아무 장비도 없이 몇십 미터 깊이의 바다에 줄 하나만 잡고 들어가는 위험천만한 이 스포츠를 세상에서 제일 좋아한다. 그리고 이런 작은 것들로 우리는 삶에서 마주하곤 하는 괴로움을 이겨내고는 한다.

물론 이런 걸 나는 행복이라고 말하지는 않는다. 행복이라고
부르기에는 너무나도 작고 사소하기에 말이다. 하지만 이런
것들이 내가 너무 불행해지지 않게 만들어 주곤 한다.

그래서 아주 작더라도 내가 뭘 좋아하는 사람인지 생각해 보
는 건 너무 중요한 일임에 틀림없다. 그 작지만 확실한 자신
의 취향이 최소한 너무 불행해지지 않도록 해줄 안전장치쯤
은 되어 줄 수는 있을 테니까 말이다.

행복까지는 아니더라도, 그 안전장치가 삶의 가성비를 높여
줄 수 있는 결정쯤은 될 수 있으니까.

**원하는 것을 이루는 것보다
삶의 가성비를 높일 수 있는 결정**

그르렁대는 고양이의 등을 쓰다듬는 것을 좋아하고,
좋아하는 삼겹살집에 한 달에 한 번씩은 꼭 찾아간다.
1년에 몇 번은 프리다이빙을 위해 바다로 떠나곤 한다.
물론 이런 거로 행복이라고 말하지는 않는다,

하지만 이런 작은 것들로 나는 삶에서 마주하곤 하는
괴로움을 이겨내고는 한다.

17

나를 위한
최소한의 확신

살면서 마주하는 수많은 경쟁에서 사람들은
이기기 위한 노력을 아끼지 않는다.
삶이라는 경쟁에서 승리는 성공을 의미할 테니까.
그래서일까? 서점에 가면
'이기는 방법'에 대한 책들이 수없이 많다.
인터넷을 조금만 뒤져봐도 마찬가지다.

이기는 습관, 이기는 기술, 이기는 방법. 등등….
정말 끝도 없이 많다.

너무 유명한 말이지만
의외로 대부분 잘못 알고 있는 말

지피지기 백전백승 (知彼知己 百戰百勝), '적을 알고 나를 알면 백번을 싸워도 백번 다 이길 수 있다.'

『손자병법』 나오는 너무나도 유명한 이 말은 살면서 대부분 한 번쯤은 들어봤을 거다. 그런데 혹시 알고 있나? 이런 말은 세상에 없다는 걸.『손자병법』의 실려있는 원문의 내용은 '지피지기 백전백승'이 아니라 '지피지기 백전불태 (知彼知己 白戰不殆)'라고 한다. 왜 잘못 표기되어 쓰이고 있는지는 뚜렷이 밝혀진 바는 없다. 하지만 확실한 건 애초에 이런 말은 없다는 거다.

원문에 나온 기록된 말은 백승(百勝)이 아니라 불태(不殆)로 '적을 알고 나를 알면 백번 싸워도 위태로워지지 않는다'라 는 의미로 해석된다. 즉, 적을 알고 나를 알면 무조건 승리할 수 있다는 말은 아니라는 것이다. 위태로워지지 않는다는 말 이 반드시 이길 수 있다는 말과 뭐가 다르냐고 할 순 있겠지 만, 생각해보면 엄연히 다른 의미이지 않을까?

실제로 『손자병법』에는 '적과 싸우지 않고 이기는 것이 최선 이고, 외교로써 굴복시키는 것이 차선이며, 적의 성을 공격 해 이기는 게 가장 최악의 방법'이라고 얘기한다. 전쟁에서 이기더라도 자신을 위태롭게 한다면 결코 좋은 방법은 아니 라고 말이다. 어쩌면 이기는 것보다 스스로를 위태롭게 만들 지 않는 것이 더 중요하다는 거다.

어쩌면 이기는 것에 대한 집착이
스스로를 위태롭게 만든 건 아닐까?

흔히 인생을 전쟁과 많이 비교하곤 한다. 살면서 마주하는 수많은 경쟁에서 사람들은 이기기 위한 노력을 아끼지 않는다. 삶이라는 경쟁에서 승리는 성공을 의미할 테니까. 그래서일까? 서점에 가면 '이기는 방법'에 대한 책들이 수없이 많다. 인터넷을 조금만 뒤져봐도 마찬가지다. 이기는 습관, 이기는 기술, 이기는 방법…. 끝도 없이 많다.

수많은 사람들이 성공한 사람의 이야기에 귀를 기울인다. 그들의 성공담에 열광한다. 역경과 고난을 딛고 끝내 부러워할 만한 성공을 이루어낸 사람들을 부러워하고 그들처럼 성공하고 싶어 한다. 성공이야말로 인생이라는 전쟁에서 승리한 증거일 테니까 말이다.

지금의 삶이 불안하고 만족스럽지 못한 사람들, 자신의 인생이 불행하다고 느끼는 사람들은 더욱더 승리를 갈망할 거다. 이 불행을 끝낼 유일한 방법은 성공일 테니까. 누군가와의 경쟁에서 끝내 이기는 것만이 행복해지는 유일한 방법이라고 생각할 수밖에. 어쩌면 이 승리에 대한 갈망 때문일지도 모르겠다. 수많은 사람들이 스스로를 위태롭게 만드는 이유는 말이다. 성공에 대한 열망이 클수록, 경쟁에서 이기는 것에 집착할수록 실패나 패배에 대한 두려움이 커질 수밖에 없을 거다. 그만큼 실패나 패배는 곧 끝이라는 생각에 빠져들 테니까.

이래서 『손자병법』의 저자 '손무'는 '지피지기 백전백승'이 아닌 '지피지기 백전불태'를 이야기했던 건 아니었을까 싶다. 맹목적인 승리에 집착하여 스스로를 위태롭게 만들지 않기 위해서 말이다. 단지 이기기 위해서 나를 위태롭게 한다면 승리하더라도 최악의 승리일 뿐이라고 말한 건 이 때문이지 않을까?.

자신을 돌아볼 여유도 없이 오직 경쟁에서 이기는 것에만 집착하는 사람들이 어떻게 행복할 수 있을까? 심지어 그렇게 성공했다고 한들 자신이 이룬 것보다 더 큰 성공 앞에서 스스로를 위태롭게 만드는 반쪽짜리 성공에 불과할 뿐일지도 모르는데.

이기지 못했다고 스스로를 괴롭히는 자책과 후회는 끝이 없을 테니까.

이기기 위해서가 아닌,
다만 위태로워지지 않기 위해서

별수 없다. 우리는 항상 승리할 수는 없다. 살면서 수많은 패배를 경험할 수밖에 없다. 항상 이기면서 살면 좋겠지만 그럴 수는 없다. 인정하고 싶지는 않지만, 보통의 평범한 우리 같은 사람들은 이기는 경험보다는 실패의 경험에 익숙해질 수밖에 없다.

그럴 때마다 좌절하고 불행하다고 느낀다면 우리의 인생은 불행해지는 길밖에는 없지 않을까? '백전백승' 같은 필승의 방법은 우리의 삶에서는 어쩌면 불가능할 일인지도 모른다. 원래 그런 말이 존재하지 않았던 것처럼 말이다.

우리의 삶에서 필요한 건 반드시 이길 수 있는 마법 같은 필승의 방법이 아니라, 어쩔 수 없이 마주하게 되는 실패의 순간에도 좌절하지 않게 만들어 줄, 자신을 최악의 상황에 빠뜨리지 않을 '백전불태'처럼 삶에 최소한의 '확신'을 만들어 줄 방법이 더 필요한 건 아닐까 싶다.

그럼 적어도 스스로를 불행의 늪으로 빠뜨리는 일은 없을 테니까 말이다.

지금껏 행복해지려고 발버둥 치는데도 행복과는 점점 멀어지는 것 같은 기분이 든다면, 분명히 최선을 다해 살고 있는데도 불안함에 밤잠을 이루지 못하고 있다면, 남들의 성공과 비교하면서 자책과 후회만 하고 있는 자신을 발견하곤 한다면 한 번쯤 스스로를 돌아보아야 한다. 내가 나를 위태롭게 하고 있었던 건 아닌지 하고 말이다.

더 이상 내 삶이 더 불행해지지 않도록.

어쩌면 이기는 것에 대한 집착이
스스로를 위태롭게 만든 건 아닐까?

우리의 삶에서 필요한 건 반드시 이길 수 있는
마법 같은 필승의 방법이 아니라,
어쩔 수 없이 마주하게 되는 실패의 순간에도
좌절하지 않게 만들어 줄 수 있는,
그래서 자신을 최악의 상황에 빠뜨리지 않을 수 있는

'백전불태'와 같은
삶에 최소한의 '확신'이 필요한 건 아닐까?

이러니 내가 행복할 리가 있나

초판 인쇄 | 2020년 5월 25일
초판 발행 | 2020년 5월 25일

지은이 | 조군
펴낸이 | 조광환
펴낸곳 | 프로작북스

ISBN 979-11-90416-03-0 13810

주소 | 인천시 부평구 장제로 163 카리스뷰 2차 1201호
전화 | 010)2090-8109
팩스 | 02)6442-4524
이메일 | luffy1220@naver.com
등록 | 제 2019-000008호 (2017년 6월 21일)